青春璀璨

蔡永洪 著

时代出版传媒股份有限公司
安徽文艺出版社

图书在版编目（ＣＩＰ）数据

青春璀璨/蔡永洪著．—合肥：安徽文艺出版社，2023.4

ISBN 978-7-5396-7416-2

Ⅰ．①青… Ⅱ．①蔡… Ⅲ．①长篇小说－中国－当代

Ⅳ．①I247.5

中国版本图书馆 CIP 数据核字(2022)第 006505 号

出 版 人：姚 巍

责任编辑：周 丽 　　　　装帧设计：悟阅文化

....

出版发行：安徽文艺出版社 　　www.awpub.com

地　　　址：合肥市翡翠路 1118 号 　　邮政编码：230071

营 销 部：(0551)63533889

印　　制：成都市兴雅致印务有限责任公司 　(028)81142822

....

开本：787×1092 　1/32 　印张：5.75 　字数：70 千字

版次：2023 年 9 月第 1 版

印次：2023 年 9 月第 1 次印刷

定价：68.00 元

....

目录

楔子

天上星星数不清，

地面石多路不平。

天上星星数不清，

少女情多心不定。

　　清晨，东方还没有露出鱼肚白，月亮还睁着惺忪的眼睛在西边的山头徘徊，似乎在迎接村庄的早晨。雄鸡清脆地鸣起，偶尔传来几声"哞哞"的水牛叫声，有几只小鸟上蹿下跳，栖在枝头叽叽喳喳。天色渐亮，茂林修竹之中便飘来一缕歌声，莺声燕语划破了晨曦的寂静。沉睡在梦乡的新星村村民被歌声惊醒。只听少女唱道：

天上星多月不明，

河里鱼多水不清。

山上花多开不败，

世上苦多人不平。

入山看见藤缠树，

出山看见树缠藤。

树死藤生缠到死，

藤死树生死也缠。

　　歌声婉转，如树上夜莺。很快，歌声与家家户户冒出的袅袅炊烟缠绕在一起，飘扬在村庄的上空。

　　"这是哪一位女孩子在唱歌，那么动听？好一个歌妹子！"村民们心里直犯嘀咕，纷纷发出众多的疑问，做出无数的猜测。

　　"是刘清婉，新来的刘清婉，肯定是她。她在为报考北京音乐舞蹈学校做准备，我们学校负责招生的老师慧眼识珠，说她将来可以加入文工团。"新星村有"军师"之称、被村民唤作"大头仔"的蔡世钜自豪地说。刘清婉是经

过学校层层筛选，被选中的。后来经证实，招
生老师确实很有眼光。刘清婉清新脱俗，自有
一股轻灵之气，肌肤娇嫩，说不尽的温柔可人，
是男孩子心目中的女神。

听刘清婉的妈妈欧美艳说，她的名字源于
《诗经·国风·郑风·野有蔓草》：

野有蔓草，零露漙兮。有美一人，清扬婉
兮。邂逅相遇，适我愿兮。野有蔓草，零露瀼
瀼。有美一人，婉如清扬。邂逅相遇，与子偕
臧。

刘清婉来自广西，她出生的地方就是素有
"歌仙"和"山歌皇后"之称的刘三姐的故乡。

青山秀水出美人，刘清婉能歌善舞，不光歌声动听，舞姿也轻盈优美。

新星村就像炸开了锅，村民们立刻议论纷纷。"窈窕淑女，君子好逑。"刘清婉之美，一传十，十传百，很快，方圆几百里的单身小伙子，寻找各种借口前来新星村，争相一睹刘清婉的芳容。有些人对她一见钟情并想及早定亲。一时间，平静的新星村不平静了。特别是刘清婉随母亲落户的家——"大头仔"堂叔蔡曙升的家，更是门庭若市。富家公子、权贵哥儿一个个上门攀亲。刘清婉就读中学的校长的儿子黄有财，甚至自个儿上门求亲……

刘清婉才貌俱佳，被文工团选中，村民们一点不感到意外。但是刘清婉没有上京接受挑选，这是什么原因？刘清婉妈妈以刘清婉年纪还小，需要母亲的呵护为由没让刘清婉去北京。她们孤儿寡母，生死相依，谁也离不开谁。刘清婉是她妈妈的精神支柱，因此她妈妈一百个不愿意刘清婉过早地离开自己。她们母女俩刚从广西来到新星村，新的生活还没有正式开始。

刘清婉的妈妈因为丈夫不幸因病辞世，精神受打击，含悲度日，以泪洗面。为抚平心灵的创伤，为了让刘清婉有一个完整的家，经人介绍，她千里迢迢，嫁给新星村的蔡曙升。曙升叔，晚辈们称他为"三叔"，后来他患了精神病，疯疯癫癫，似傻如狂地胡言乱语甚至说几句疯话，伤透了刘清婉妈妈的心。

刘清婉错过了一个千载难逢的好机会，与

美好的理想、光明的前途擦肩而过！如果刘清婉走上了去读北京音乐舞蹈学校这一条光明之路，那就会有不一样的人生了。塞翁失马，焉知非福？世间的事，谁能说得清、道得破？刘清婉错失去北京入选文工团的机会，但是如果能够找到一位如意郎君，未必不是一种福气！

因为刘清婉妈妈欧美艳和继父蔡曙升没有再生孩子，只有刘清婉这个宝贝女儿，所以就对外发出信息，在本村找一个后生入赘，其用意蕴含了俗语讲的"积谷防饥，养儿防老"的意味，使他们安享晚年。此话一出，与刘清婉年龄相仿的男孩子们，心花怒放，喜上眉梢。这意味着他们个个都有希望，个个都有盼头啊！谁最有资格、最有本事、最有可能踏入新星村，成为三叔、三婶的乘龙快婿，携着刘清婉的纤纤玉手迈进婚姻的神圣殿堂呢？

一群男孩子曾私下对新星村所有的女孩子评头论足，一致认为，广西刘三姐故乡来的刘清婉是村里最美的女子。她婀娜的身姿，亭亭玉立。她把从清源中学毕业，响应毛主席伟大号召"知识青年上山下乡，接受贫下中农再教育"，来到新星村插队落户的两个女知青骆红莲和卢苇花比下去了，把邻村来做四叔蔡宇星养女的黄月媛比下去了，更把土生土长的新星村姑娘们比下去了！一方水土养育一方人。

新星村男孩子拥有同一个姓氏，都是姓蔡，没有外姓。因此，刘清婉、两位女知青和黄月媛，这几位年轻的不同姓氏的少女的到来，无疑是一股清新的风，令新星村未婚男青年兴奋不已，给新星村带来了源头活水，带来了无限的生机与活力。因为村中只有刘清婉、两位女知青和黄月媛是不同姓氏的未婚姑娘，所以男孩子私下称她们为新星村的"四大美人"。当然只有刘清婉名副其实，她尽管年龄最小，可相貌最美。未来的新星村"五虎上将"——新星村明亮的五颗星，最有实力摘取这"四朵金花"。哪"五虎上将"？即被"大傻"预言新星村最有发展前途的五位年轻人：

一号人物"武曲星"和获"老大"称号的"孩子王"蔡振国，中学毕业后便参军了，在抗洪救灾中挺身而出，表现十分出色，一举成名，荣立一等功，被选送到国防大学学习，毕业之后担任过团长、师长，后升任某集团军副军长。

二号人物"文曲星"和获"军师"称号，又被村民直呼乳名"大头仔"的蔡世钜，他毕业于西州大学中文系，在北京某大学进修过写作和书法。毕业后在母校任教，之后到《清源日报》任总编辑，被誉为清源"一支笔"。经过他的不懈努力，之后被调到书法学院任名誉校长，当他调任滨海省作协副主席时已逾天命之年，大器晚成。刘清婉与她妈妈飞越万水千山，来到新星村，第一眼看到"大头仔"，刘清婉就隐隐约约感觉到"大头仔"气宇轩昂。在他们两小无猜的时候，刘清婉已慧眼识珠，看出了"大头仔"的不平凡，觉得他与新星村其他男孩子不一样，预感到英俊斯文的"大头仔"将出类拔萃，必成大器！真是美人识英雄。刘清婉颇具文姬和"七步成诗"的子建之才，一气呵成赋诗一首，"大头仔"为其取名曰《美人吟》：

美人吟

众人纷纷笑尔穷，

美人慧眼识英雄。

一朝跃登龙虎榜，

经天纬地展宏图。

后来"大头仔"传奇般的人生经历，验证

了刘清婉目光长远，有先见之明。刘清婉又如何看待与评价"孩子王"蔡振国的呢？刘清婉看不惯"孩子王"的蛮不讲理，不喜欢读书，不懂人间风月，戏称"孩子王"为"山寨王"。"孩子王"在抗洪救灾中挺身而出，表现十分出色，一举成名，之后到军校就读，后成长为副军长。刘清婉连说几个"真的想不到"，她逢人便说是她看走了眼，低估了"孩子王"。

我们回过头来再看看"大头仔"的一番夫子自道：

英雄曲

众人纷纷笑我穷，

我穷不与众人同。

一朝攀摘蟾宫桂，

经纬之才唱《大风》。

《大风》指汉高祖刘邦《大风歌》："大风起兮云飞扬，威加海内兮归故乡。""大头仔"此诗意在像刘邦一样建功立业，成就千秋伟业，衣锦还乡，光宗耀祖。

三号人物蔡镇光是商界奇才，他白手起家，经历重重磨难，创建星光电缆发展有限公司，生产的光纤电缆卖到全世界，公司也跻身滨海乃至中国500强民营企业。蔡镇光行走江湖，常挂在嘴边的话是："世界大舞台，人生如戏，戏如人生。人活着就是演出一幕优秀剧目给人看。"

　　四号人物蔡振德，长青集团公司董事长，创建的再生资源示范基地成为世界最大拆解加工厂，他在再生资源方面做出了贡献。

　　五号人物蔡海堂，率领"十八勇士"到珠三角在建筑行业中摸爬滚打，赚下第一桶金，回乡经营"水产王国"，成立蔬菜示范基地，并创建农业观光旅游度假区。"水产王国"的河鲜远销全国各地。后来村民一致推选他为新星村村主任。他不负众望，精准扶贫，带领村民投入如火如荼的社会主义新农村建设，为建成小康社会，建设美丽中国、现代化强国，实现伟大的中国梦贡献智慧和力量。

　　当然，新星村其他小伙子，特别是被村民

称为"十八勇士"的年轻后生也不可小觑。哪"十八勇士"？就是被族长慧眼识珠、精心挑选出来的特别能吃苦、特别能战斗、特别能奉献的十八位青年人，他们是蔡秉健、蔡世材、蔡志堂、蔡秋季、蔡振宇、蔡贵生、蔡桂强、蔡桂新、蔡锦才、蔡康健、蔡雄英、蔡全福、蔡保国、蔡贵良、蔡英才、蔡建国、蔡英杰、蔡智勇。

有道是，落花有意，流水无情。不知天高地厚的"大头仔"私下偷偷抄了两首诗词给意中人刘清婉。其中一首是司马相如给卓文君的情诗《凤求凰》：

有一美人兮，

见之不忘。

一日不见兮，

思之如狂。

另一首是李之仪的《卜算子》：

我住长江头，君住长江尾。日日思君不见君，共饮长江水。

此水几时休，此恨何时已。只愿君心似我心，定不负相思意。

山有木兮木有枝，我悦君兮君不知。"大头仔"情不知所起，一往而深，有点不自量力，胡乱涂鸦，自创一首藏头诗送给心上人刘清婉：

清溪翠竹丽朝晖，

婉杨杂花群莺飞。

我爱竹林旧时景，

原野芳草正萋萋。

守道悉知心事乐，

护花使者创奇迹。

你之品性世间稀，

一往情深深几许。

生死相依偕百年，

一对鸳鸯齐嬉戏。

世世代代结良缘。

冰雪聪明的刘清婉能读懂此诗吗？

刘清婉用美如天籁的声音如泣如诉地唱

道：

　　　　　　君生我未生，

　　　　　　我生君已老。

　　　　　　君恨我生迟，

　　　　　　我恨君生早。

凄婉的唱声在"大头仔"心中久久地回荡。

新星村的男孩子都想赢得"四朵金花"的

芳心。村民们翘首以待，看谁能获得"四朵金

花"的芳心。

第1章　动听的歌声

天籁。

只听刘清婉唱道：

　　　　山中只见藤缠树，

　　　　世上哪见树缠藤？

　　　　青藤若是不缠树，

　　　　枉过一春又一春。

竹子当收你不收（哎哟），

笋子当留你不留。

绣球当捡你不捡，

空留两手捡忧愁。

花针引线线穿针，

男儿不知女儿心。

鸟儿倒知鱼在水，

鱼儿不知鸟在林。

看鱼不见莫怪水，

看鸟不见莫怪林。

不是鸟儿不亮翅，

十个男儿九粗心。

山歌能把海填平，

上天能赶乌云走，

下地能催五谷生……

　　刘清婉唱得字正腔圆，酷似"歌仙"刘三姐的唱腔，韵味十足，毕竟是刘三姐故乡来的山妹子。刘清婉唱完山歌，就和两个到新星村插队落户的女知青骆红莲、卢苇花及黄月媛，还有村中一群女孩子表演革命样板戏《红色娘子军》。她们精彩的表演引得路过的村民驻足观看，纷纷叫好。

　　刘清婉只有一个，而新星村与刘清婉年龄相仿的男孩子中光"五虎上将"和"十八勇士"加起来就有23人之多，最有实力的"五虎上将"也只能是五里挑一。命运之神似乎在捉弄新星村男青年，让他们患单相思或上演柏拉图式恋爱。无论怎样，刘清婉的出现，给了新星村男孩子一个梦！有梦就有希望，有希望就有追求！俗语说：高才捷足者先登。谁最优秀、最有本事、最有发展前途，谁就最有资格拥有刘清婉！

当时新星村23个男孩子都做出了君子协定，后来干脆模仿绿林好汉歃血为盟：公平竞争，胜者为王。谁最有本事谁就娶刘清婉为妻。

若是比文招亲，在新星村男孩子之中，脑袋特别大，被村民讥讽为书虫，被男孩子捧为"智多星"，被女孩子唤作"救星"（帮助女孩子写作文），博览群书，上知天文，下晓地理的"大头仔"则稳操胜券；反之，若是比武招亲，力大如牛、虎背熊腰的"孩子王"蔡振国则占尽上风。蔡振国是"力拔山兮气盖世"的项羽再世，三招之内就可以把对手打倒，让其俯首称臣。"大头仔"暗下决心，要做新时代的刘邦，智胜"西楚霸王"项羽，即智胜"孩子王"蔡振国。仿效西方著名骑士唐·吉诃德，为美女而战！东西方两名"骑士"唯一不同的是，唐·吉诃德拿着长枪大战风车，冲入羊群杀入敌阵；"大头仔"则以笔代枪，在书海里纵横驰骋，把考场当作战场，发奋读书，努力争取考上理想的大学。

人贵有自知之明。当年新星村男孩子的"领头雁"不是"大头仔"，而是新星村村主任蔡灿明的小公子蔡振国。他生得五官端正，气宇轩昂，是一个顶天立地的男子汉，新星村"五虎上将"中排名第一。美中不足的是，"孩子王"不喜欢舞文弄墨，只喜欢耍刀弄枪。他放学归来，丢掉书包，二话没说，就大步流星地走到天星河捉鱼摸虾，与孩子们玩得十分开心。"孩子王"的父母煞费苦心，苦口婆心的教育都奈何不得他。"孩子王"对读书学习不感兴趣，因此，学习成绩平平，此方面，与"大头仔"相比就略输文采。但无论怎样，"孩子王"都是新星村一颗耀眼的"新星"！相比之下，"大头仔"则黯然失色。在争夺刘清婉的竞争中，如果说"孩子王"有99%的希望，那么"大头仔"就只有1%的希望。不过，"大头仔"生性执着，没有放弃这1%的希望。未来是一个未知数，胜负输赢未可知。俗语云：狭路相逢勇者胜！勇者相逢智者胜！力大胜一人，智大胜千军。"大头仔"心中暗暗发誓：智胜"孩子王"，抱得美人归！

话又说回来，"大头仔"父亲年近半百，中年得子，喜上眉梢。"大头仔"母亲十月怀胎，一朝分娩，长长吐出一口气，终于苦尽甘来，生活有了盼头，感到非常欣慰。在最艰难的时代，这是最好的精神寄托。1986年，"大头仔"考上大学，还邀请村中60岁以上的老人吃饭。"大头仔"读大一时，那年清明祭祖，他的母亲认为"大头仔"考上大学是托祖上洪福，沾族人的光，于是向亲友借了200多元钱，购买一头猪，请邻村上寮村虾公头（屠夫）把猪烧成红皮猪肉，作为供品用来祭祖。清明祭祖完毕，"大头仔"把红皮烧猪派发给村民，此事令村民感动不已。从"大头仔"开始，新星村形成了一个风俗：新星村每家每户，凡有重大喜庆之事，如家中有人考上大学、有人添丁等均烧红皮猪一头，清明时用来祭祖，祭祖结束之后，把猪肉分给村民，人人有份。新星村购烧猪祭祖风俗实则由"大头仔"考上大学后购买红皮烧猪祭祖而始。

第2章　花落谁家

　　"大傻"原名鲁岱硕，山东人，身材高大，皮肤白皙，西州某大学毕业，响应毛主席号召"知识青年上山下乡，接受贫下中农再教育"。他学历高，又能写一手漂亮的字，行云流水的书法受人称道。他被单位安排到新星村帮助村民扫盲，指导农业生产，带领村民移风易俗，春节写写对联等。他为人豪爽，性格狂放，其名"岱硕"，西州方言发音似"大傻"，于是，村民都叫他"大傻"。

起初，他觉得"大傻"这个"花名"曲解其名字本意，有失尊严，感觉挺委屈的，便作阿Q式抗辩，并夫子自道：鲁，本山东省简称；岱，五岳之首泰山别称；硕，大也。言下之意，其父取其名，意为山东大儒。村民不管这些高深学问，觉得"岱硕"此名太拗口，比不上"大傻"顺口，于是一传十，十传百，就叫开了。"大傻"无可奈何，只好不了了之，"大傻"就"大傻"吧，说不定傻人有傻福呢！"大傻"阿Q式自嘲，大大方方接受了村民如此不雅的称呼。"大傻"的阿Q精神占了上风，傻得可爱。"傻哥哥，我有几个问题想向您请教。""大头仔"的稚气童音，惊醒了"大傻"，把沉迷于书法世界的"大傻"拉回到现实的世界。"什么事？""大傻"抬起头，双眼炯炯有神，并做留意倾听状。"傻哥哥，您上过大学，学识渊博，叔叔婶婶、哥哥姐姐们都说您'上知天文，下晓地理'。您说，我是怎样来到这个世界上的？就是说我们人类如何诞生的？还有，天地是怎样形成的？日月星辰又是如何存在的？""大傻"听后哑然失笑，望着一脸天真的"大头仔"，望着"大头仔"清澈的双眸，求知的眼神，"大傻"觉得"大头仔"是认真的，他不得不做出认真的回答，给年幼的"大头仔"一个满意的答复。

"大傻"在西州某大学读的是历史系，大

学毕业后到省立中学担任历史教师，后来响应
毛主席的伟大号召"知识青年上山下乡，接受
贫下中农再教育""在农村广阔的天地大有作
为"，他不远千里，越过千山万水，来到清源
县，现任清源县委宣传部调查员，到新星村下
乡蹲点，挂职锻炼。

　　"大傻"琴、棋、书、画拿得起，吹、拉、
弹、唱样样通，舞龙耍狮更是好角。新星村村
民把他当作是本村的"大学问家"。他读的书
多，见过大世面，天文地理、诸子百家等等，
他都讲得出一些道道来，而且还要捎带上几
句马列主义、毛泽东思想和唯物辩证法观点，
使得新星村一些没有文化的人如听天书一般，
称他"天上的事情晓得一半，地上的事情晓得

全",都对他十分的敬佩。

新星村的村民和他一起坐在田间地头纳凉。"'大傻',唱首曲子听听!""'大傻',讲个故事,林冲、武松、许仙白蛇精什么的!""上回那段孙悟空大闹天宫还没有讲完!"就是一般年轻的媳妇、妹子也不怕他,还敢使唤他:"'大傻',把那筐稻谷倒到谷柜漏斗里面去!"至于年轻一代则叫他"傻哥哥",那班小辈分的孩子,则喊他"傻叔叔""傻伯伯"。

"大傻"为人处事非常低调,不显山露水。但他渊博的学识、横溢的才华,不经意间从他的言行举止之中流露了出来。"大傻"就是那种大智若愚的人,博学多才的"大傻"对书法很有研究，他精通隶书、楷书、行书、草书（包括狂草）。他写字一挥而就、干净利落、潇洒飘逸，从不拖泥带水。

"大傻"潇洒飘逸的才情、狂放不羁的性格、风流倜傥的外表、博学多才的见识，兼之能够写一手漂亮的字体，这些都令新星村的青年们羡慕不已。新星村最为好学上进的"大头仔"更是强烈恳求"大傻"做他的老师，希望拜"大傻"为师学习书法。

精诚所至，金石为开。"大傻"经不住"大头仔"磨破嘴皮子的犟劲与死缠烂打，更主要的原因是看中"大头仔"一片诚心和好学上进的精神，还有中国国粹之一的书法确实需要年轻一代传承，并发扬光大，于是，"大傻"点头答应收"大头仔"为徒。"大头仔"得知"大傻"答应收他为徒，高兴得跳起来，"大头仔"忍不住大喊一声："傻哥哥万岁！"回家后"大头仔"激动地告诉父母这一振奋人心的消息，并恳切希望父母设一席拜师宴，请"大傻"吃一顿以清远鸡为主菜的地地道道的农家饭。

黄金万两不如薄技藏身。读了多年私塾，接受过"四书五经"教育的"大头仔"父亲深谙此理。当他知道大学问家"大傻"答应收儿子为徒传授书法时，不由得心花怒放。拜师宴当天，"大头仔"的父亲亲自下厨，招待"大傻"来家里吃饭。过门都是客，更何况是村中鼎鼎大名的大学问家"大傻"。"大头仔"一家手忙脚乱，有的择菜，有的炖扣肉，有的找河鲜，一家人忙得不亦乐乎，花了整整一个下午的时间，终于备齐一桌丰盛的拜师宴。晚上七点左右，村中各家各户亮起灯火，只见"大傻"手拿着一瓶酒哼着小曲儿，望"大头仔"家的方向姗姗而来。"大头仔"的父亲一直站在门外等着他，一见"大傻"到来，慌忙抱拳作揖："欢迎贵客光临寒舍，陋室蓬荜生辉！粗茶淡饭，不成敬意！""岂敢！岂敢！让你们破费，太客气了，不好意思，不好意思。""大傻"赶忙回应。"哪里话，求之不得，不要客气，来，来，请大家一起吃饭。""大头仔"的母亲赶紧招呼贵客。"大傻"入席坐定后继续说："三岁看将来。'大头仔'虚心好学，是读书的苗子，前途无量。

二叔二婶，你们哪怕砸锅卖铁，也要供娃读书。""一定，一定。承你贵言。犬子全靠岱硕师父栽培。""大头仔"的父亲慌忙回答。而"大头仔"的母亲，情绪有点激动地说："儿子啊，你能够拜大学问家为师，真是你前世修来的福气。将来真的学有所成，功成名就，你一定要铭记恩师。""知道了，母亲。""大头仔"脸蛋红扑扑地害羞地说。觥筹交错、推杯换盏之间，"大傻"对"大头仔"母亲的厨艺赞不绝口。

世上没有不透风的墙，"大头仔"拜师学艺的事一传十、十传百，很快便在新星村传开了。村民们纷纷向族长投诉，说"大傻"偏心，只收"大头仔"为徒。族长是德高望重的老人，了解事情的来龙去脉后，他力排众议，站出来说句公道话："这是'大傻'与'大头仔'前世修来的师徒缘。前世今生，早已注定。"村民敢怒不敢言。为平息民愤，"大傻"站出来说话了。他对闹得最凶的"孩子王"蔡振国的家长解释说："我辅导村中所有孩子学习书法都行，但首要条件是这个孩子要有学习书法的兴趣。按照你们乡村通俗的说法，这叫作'牛不喝水按不得牛头低'，再明白一点的说法，自家的孩子要是学习书法的苗子才行。"

村民闻知，都没有话说了。此事就不了了之。看似波涛暗涌的新星村一池湖水马上风平浪静、波澜不惊、平静如镜。

拜师宴后第二天，"大傻"一丝不苟、十

分敬业，做示范动作，教"大头仔"学会执笔，详细解释临帖三法"摹写、对临、背临"和运笔三法"方笔、圆笔、尖笔"。"大傻"语重心长、谆谆教导：书法最高境界是"巧、拙"二字。"擅于藏锋、露锋，皆成大器！"春风化雨，润物无声。"大傻"诲人不倦的教育，如春风如朝露，令"大头仔"如沐春风，书法日渐长进。"大头仔"十分珍惜难得的学习机会，心无旁骛地练习。他埋头苦练，两耳不闻窗外事，一心练好"圣贤书"（书法作品），达到如痴如醉的境界。

　　"大傻"是一个饱读诗书的文化人，"大头仔"跟着他学习，懂得了很多为人处世的道理，学问也大有长进。从"大傻"口中，"大头仔"

知道了书法是中华国粹，笔、墨、纸、砚是读书人的"文房四宝"，王羲之的天下第一行书《兰亭序》是用鼠须笔书写的；知道了笔砚中的"端砚"最为名贵，用"端砚"写的字，虫蚁不敢蛀食。这真的令人感到不可思议。

真是十年寒窗无人问，一举成名天下知。"大头仔"后来成了校园的名人，也是南方书法界的名人。大学毕业前夕，经王校长的帮助和滨海省书法协会主席的大力举荐，"大头仔"毫无悬念加入了中国书法协会。大学毕业后，"大头仔"回到家乡清源县工作不久就被清源书法界同人推选为书法协会主席，是地级市最年轻的书法协会主席。名师出高徒啊！"大头仔"不忘恩师，没有"大傻"就没有他的今天！

2020年，"大傻"已是滨海省书协名誉主席、滨海省书画院名誉院长，楷书、行书、草书在省里位居前列，在中国书法界，也颇有名气。

年近90岁的"大傻"无限感慨地说："长江后浪推前浪，世上新人胜旧人，后生可畏！得吾衣钵真传者，清源'大头仔'也。望其青出于蓝而胜于蓝，把中华国粹——书法艺术发扬光大。""大头仔"能否不辱使命，不辜负"大傻"厚望，有待时间去检验，有待历史去评说。学无止境，"大头仔"在出任清源县书法协会主席期间，攻读北京某大学书法研究生课程，不断学习，勇攀书法高峰。

"大傻"来清源县有三大任务：

一是收集岭南民间故事，如战争故事，整理成册，陈列在国家战争纪念馆，让人们永远铭记这段刻骨铭心的历史，让历史告诉未来！

二是汇聚民间优秀书法作品。如收集整理清末榜眼朱汝珍的书法、麦华三的书法、秦咢生的书法、清源黄元溥的书法等，装订成册，使濒临散佚的优秀书法作品得以世代流传，使中华国粹书法艺术得以发扬光大。

三是到清源文化馆工作，再申请到新星村工作，建设社会主义新农村。如开展扫盲工作，帮助村民移风易俗，指导他们跳"秧歌舞"，挨家挨户书写对联，书写标语等。

由县城沿清江顺流而下，途经鳌头塔和正光塔两座千年古塔，至文笔塔东北面，距清源县城十八公里有一个美丽的小村庄——新星村。从高空俯瞰，村舍表面看似零零散散，实际上却井然有序，呈北斗七星布局。新星村地理位置得天独厚，坐落在清源水力枢纽工程的东南岸、清源生态农庄型观光旅游景点的西南方，坐落在素有"聚宝盆"和"粮仓"之称的清源清州小平原上。

新星村西依清水河。村庄处于湖城清源县的最南端。新星村的北面就是横贯生态农业旅游观光风景区的笔直马路，马路两旁绿树成荫。南眺是连绵起伏的崇山峻岭和大气磅礴的沙塘排灌站。每年汛期（端午节期间），沙塘排灌站抽水泄洪，都会绞死许多鱼、虾、蟹。新星村及月岗村、岗仔村、上寮村的村民特别是游泳好手都到此一展身手，潜水捞取刚被抽水机绞死的鱼、虾、蟹等，有时甚至争抢漂浮在水面上的鱼、虾、蟹等美味河鲜，场面十分壮观。排灌站抽出的水，水流湍急，尽管如此，村民还是冒着生命危险，抢夺河鲜。在艰苦的年代，人们生活艰难，这些被抽水机绞死的河鲜，就是餐桌上难得的美味佳肴！

新星村的正南方，村民屋舍门前是一条日夜由西向东奔流不息的天星河。天星河河水清澈，河中有鲤鱼、鲩鱼、鳙鱼、鲫鱼、虾、蟹等。天星河是"大头仔"和小伙伴们童年时代生活的理想场所，他们经常一起在河里游泳、摸鱼儿、捉虾蟹、挖蚬螃等。天星河的入口就是清水河。河水汇入清江，与清江水一起滔滔南流，奔向珠江、南海，融入太平洋。每年春汛，或台风到来，清水河里的河鲜如十多斤重的大鲤鱼，往往逆水而上，游至天星河"散春"（生小鱼儿）。有的河鲜不走运，如刚才说到的大鲤鱼，在汛期从清江游至天星河"散春"（生小鱼儿）时，被村里的孩子们撒网捕获。

新星村的村中央有一棵需几位彪形大汉手拉手才能合围的龙眼树。此树生长得特别茂盛，盘根错节，枝繁叶茂，亭亭玉立，是新星村的福荫树，见证了村庄的历史。龙眼树是新星村风水宝树，与村民有着深厚的感情。新星村的村民茶余饭后，最喜欢聚集在古老的龙眼树下纳凉。大人们天南地北、古今中外，无所不谈，讲得不亦乐乎；孩子们感觉新奇有趣，闻所未闻，听得不亦乐乎。龙眼树下，天天有奇谈逸事，天天有八卦新闻。

此地是新星村名副其实的信息中心，是最热闹的地方，是老人休憩娱乐之地，是孩子们玩耍的天堂、乐园，是年轻人增长见识的地方，是江湖术士、卖文卖武者的福地。人们在此街谈巷议，正史、野史道听途说，争论激烈。生活又如万花筒般，五光十色、绚丽多彩。平静的乡村并不平静，有时候热闹非凡，甚至惊天动地。

新星村东面还有一棵大榕树。它老干虬枝，与村庄一样古老，是新星村饱经沧桑的又一见证。村民们都认为此树能够保佑新星村人人身体健康、事事如意，保佑家家户户开枝散叶、丁财两旺、香火绵延。大榕树见证了新星村的沧海桑田，它是那么真诚、古朴，福荫村民，泽被后世。

村西有一口古井，深幽幽的，井水清冽，甘甜可口，水平面随清水河水势的涨落而升降。井栏周围用大理石、青花石铺设，古色古香。一道青砖铺就的井道弯弯曲曲通往村西口。全村500多名男女老幼皆饮此井水。

饮水思源，此井正是新星村老一辈人千辛万苦打眼、挖掘出来的。此井的年龄与村庄的历史一样古老。村民十分珍爱此古井，古井闪着不平凡的耀眼的光芒，洞见新星村的沧桑岁月。

1949年10月1日，中华人民共和国成立，新星村焕然一新，生机勃勃。新星村的古树、古井见证着悠悠岁月、人世间的沧桑。清朝乾隆年间，大太公蔡时宝公携全家老少，历尽艰辛，从广东云浮郁南县连滩镇迁居清源县荷塘乡再入清溪乡新星村开枝散叶，建设了新星村。

最先迁入新星村的只有四户人家："大头仔"的祖父蔡中荣（字财有，号达卿，职业为郎中，开了个中药店，曾经富甲一方，是新星村首富），堂伯蔡楚新一家（务农兼经商），堂叔蔡曙升一家（务农，成分富农），堂兄蔡荫湿一家（务农，成分富农），共50多人。人们看中新星村是安家置业的好地方，是人才辈出的风水宝地，于是纷纷移居此处，开荒拓业，建设新家园。因此，新星村的规模不断发展壮大。当然，新星村的村中元老——最先入村的四户人家，仍在村里德高望重。时至今日，新星村已是有20多户人家，500多人的大村庄了，成了清源有名的一棵"菜"（蔡）。

清源水利枢纽工程竣工后，新星村成了社会主义新农村建设和农村旅游观光的示范村，远近闻名，饮誉方圆数百里。一日，族长三伯心血来潮，召集新星村年轻一代在村信息中心（龙眼树下）宣读《蔡氏族谱》的有关章节，希望年轻一代知道新星村蔡氏这一分支的来龙去脉，以弘扬祖德、建功立业。

人生是有遗憾的，就如天上的月儿，阴晴圆缺，此事古难全。但有些遗憾足以震撼、警醒、影响人的一生！"大头仔"躺在翠竹园大草坪上，望着满天星斗浮想联翩。他心里所想之事只有星星知晓！"大头仔"的大姐蔡月圆跋山涉水，远嫁他乡。她因为离乡背井，所以最有桑梓情怀，每一年都千里迢迢地回乡祭祖。她生于斯长于斯，新星村是她生命的根。饮水思源，故乡成了她日夜挂念、梦萦魂牵的地方。树高千丈，叶落归根。甜不甜，乡中水；亲不亲，故乡人。几乎每一个人的心目中都会无限眷恋故乡的山、故乡的水与故乡的亲人。故乡的一山一水、一草一木，时常萦绕在梦中，常常牵挂在心头。

"大头仔"的二姐蔡艳桃，年轻时是新星村叱咤风云的人物，是青年突击队成员，插秧比赛曾获女子组第一名，获"三八红旗手"称号，是一个有血性的女性。但她年老时，精神空虚、无所寄托，沾染上不良恶习。"大头仔"曾经极力劝说二姐好好生活，改掉不良恶习，但是效果并不明显。"大头仔"的二姐找他借钱，他也没有借，他告诉二姐除非她改掉恶习，否则他是不会借的。有个活生生的例子："大头仔"的大伯蔡砚楷（已故）的儿子蔡世疆，染上了不良恶习，不但输掉了身家，弄得倾家荡产，老婆也和他离婚，现在他成了无业游民；而且因为不良恶习熬坏了身体，他几乎送掉了性命，全靠其四姐蔡小妹出钱医治，在市人民医院治疗一个月才活过来！想当初，艳桃姐曾向二姐夫提出，拿一些钱供"大头仔"读书，照顾"大头仔"的起居饮食，让二姐夫把好的书包送给弟弟。艳桃姐又要求二姐夫出钱出力，送母亲到医院治疗，把母亲从死神手中救过来，并吩咐二姐夫照顾躺在病榻上的父亲，在父母百年后出钱出力。二姐对"大头仔"及"大头仔"家人的帮助让"大头仔"没齿难忘。

"大头仔"三姐蔡杏花，身材苗条，瓜子脸，是新星村美女之一。她在校读书时，才貌双全，品学兼优，是学校的校花，也是众多男同学追求的对象。但三姐后来变得很势利，心目中只有钱财，没有弟弟了。昔日像慈母一样关心、支持弟弟的三姐消失了。无论怎样，"大头仔"都永远记住三姐蔡杏花对自己的帮助：读书时给自己一千多元交学费、生活费；幼年时照顾过自己的起居饮食；农忙时回娘家帮忙打秧、插田（插秧）与收割水稻；有时给父母一些生活费，父母驾鹤西去"打斋"时出了一部分钱财；在"大头仔"痛失慈母、慈父时，给他以心灵上的慰藉；在慈母辞世时，孤零零一个人到石角墟购买寿衣；在"大头仔"到西州读大学时到邮局寄生活费。

"大头仔"长大后考上了大学，先后在西州某大学读中文系，在北京某大学作家班学习写作，在北京某大学书法班研习书法。"大头仔"的理想是桃李满天下，成为头顶青天、脚踏大地，具有家国情怀的作家和"挥毫落纸如云烟"的书法家。

第3章 热爱读书

"孩子王"以及其他三位"虎将",身材健硕,虎背熊腰,身手不凡,只略输文采。"大头仔"呢?"孩子王"及其他"三虎"的弱点却是"大头仔"最大的优点。这是"大头仔"的过人之处,也是他引以为傲的。英才自古寒门出。"大头仔"不因出身低微而自轻自贱,不因出身寒门而怨天尤人。"大头仔"心无旁骛、埋头苦读，争取早日出人头地。他坚信：书中自有颜如玉，书中自有黄金屋，书中自有千钟粟。"大头仔"最大的爱好就是看书，他嗜书如命，是村中有名的书虫，其理想是拥有一间书房，在清风、明月、星星之下读书。读尽天下九州赋，吟通海内五湖诗。自古男儿心有星辰大海，志在四方，胸怀天下才能治理天下。"大头仔"的伟大抱负是：格物致知正心，修身齐家治国平天下。其志向是：长大后成为一名作家！识尽天下之字，阅尽天下之书，写尽人间风流！

　　"大头仔"每到一个城市，都会第一时间嚷着"妈妈带我到新华书店买书"。有很多次，由于他幼稚无知，不知家庭的困厄、母亲的艰难，性格倔强的他，吵着要母亲为他买这买那。

有很多次，他因为吵着要买书和面包等差一点误了乘车时间，差一点弄得他们母子俩露宿街头。母亲因此多次责备他，但他仍不懂事。"大头仔"的家里很穷，一个月吃不上一餐肉，母亲随身携带的钱不多。现在回想这些，"大头仔"感慨自己当年年少不懂事，不能理解母亲的难处，做了一些让母亲为难的事，感到深深的自责和内疚。可怜天下父母心！父母总想满足孩子的愿望。有一次，"大头仔"和母亲跨越万水千山，千里迢迢探望月圆姐姐，在回家的路上经过兰山市区，"大头仔"不顾已累得气喘吁吁的母亲的感受，坚持要求母亲陪他到兰山市新华书店看看有什么好的文学书。书店里各类书琳琅满目，令人眼花缭乱。嗜书如命的"大头仔"在成千上万本书中一眼看中《红楼梦》这部小说，他缠着母亲把这本书买下来。因逛书店看书购书拖延了一些时间，"大头仔"母子匆匆忙忙赶到车站，差一点就错过了末班车。更重要的是，在购买《红楼梦》之后，母亲囊中羞涩，差一点凑不够回家的路费。好在吉人自有天相，苍天垂爱，"大头仔"母子俩赶上了末班车和最后一班渡船。

山清水秀的清源，依山傍水的县城，奔腾不息、欢快流淌的清澈河水，古色古香的青砖大瓦屋、大麻石，繁忙的清源码头，狭窄的县城街道人潮涌动，充斥着喧哗与骚动……一切的一切，永远留在"大头仔"的记忆中。父母养育之恩，比天高；父母养育之情，比海深！无数人的帮助，印在脑海里，留在记忆中，令他刻骨铭心，终生难忘！

"大头仔"的母亲，在生活上无微不至地照顾他；在学业上，不遗余力，倾尽家中所有鼎力支持"大头仔"读书。不过，"天下第一书痴"的"大头仔"常令其母亲担惊受怕。他母亲曾无限感慨地对他说："我儿，家里省吃俭用、节衣缩食供你读书，购买书籍，你如果不用功读书，将来不出人头地，就对不起家里辛勤劳作的父母和你的几位姐姐。特别是待字闺中的几位姐姐，她们为了你，为了减轻父母的压力，主动将婚期一推再推。男大当婚，女大当嫁。她们终有一天要出阁，家的未来、希望就寄托在你的身上！人争一口气，树争一层皮，佛争一炷香。努力吧，孩子！""大头仔"耐心倾听完母亲语重心长的劝说与教诲，内心受到了强烈震撼并深感愧疚！春天，万物复苏，桃红柳绿，百花齐放，姹紫嫣红，到处生机勃勃。"大头仔"清晰地记得和"孩子王"蔡振国两人在与岗仔村交界的鱼仔函的一条小溪岸旁，目不转睛地望着一条条鲜活的鲫鱼逆流而上，游至上游"散春"（生小鱼儿）。"一、二、三……"数至二十条鱼儿游至上游，"大头仔"和"孩子王"不约而同地迅速跑到下游出水口，用渔网兜截住，"孩子王"从上游将鱼儿往下游驱赶。很快，他们将二十条鲫鱼一网打尽。那种收获成功的喜悦，挂在"大头仔"

和"孩子王"天真幼稚的脸上。他们两人把收获的鱼一分为二，各自携带十条鲫鱼回家。"大头仔"的母亲腿脚不灵便，但心灵手巧，把十条鲫鱼清蒸，做成餐桌上的佳肴。"大头仔"吃着自己的劳动成果，与家人品尝着美味的河鲜，感到十分开心快乐！

更多的时候，在这个青春飞扬的季节，新星村的少男少女，三五成群，争先恐后地到村中小河旁较好的位置去钓鱼。小鱼儿经不住鱼饵的诱惑，上钩的鱼儿有镰刀鱼、鲢鱼、红眼鱼等。

夏天，新星村少男少女最好的消暑办法、最喜爱的活动就是到河里游泳。天星河成了少男少女游泳的理想场所。全村少男少女没有一个不会游泳的。夏天，新星村小伙伴们还有一个有趣的活动，就是用蜘蛛网捕蝉。夏日蝉儿叫得震天响。民谚云：蝉儿喊，荔枝熟。每年的六月、七月，增城荔枝、糯米糍摆满大街小巷。小贩们大声吆喝："正宗鲜美的增城荔枝！有买的快点儿！"新星村的村民穷得叮当响，小伙伴们只有望梅止渴、垂涎三尺的份儿。当然，漫长的炎炎夏日，小伙伴们喜欢做的事情还有捉鱼，摸田螺、蚌和蚬等，用自己的劳动，换来一桌美味的河鲜，改善家庭生活。生活在水上或乡村的人们大都知道，捉鱼和摸虾、蚬、蚌等，风险极大，是用生命做赌注的。"大头仔"有很多次因为在水深的地方捉鱼和摸虾、蚬、蚌，腿抽筋了，动弹不得。还有一次他在水底被砖石卡住右手，不能浮出水面。好在"大头仔"急中生智，奋力一搏，才化险为夷。幸运的是，"大头仔"吉人天相，逃过劫难，只是右手至今留有疤痕。

秋天，天高云淡，望断南飞雁。秋天，在天真烂漫、无忧无虑的儿童的眼中永远是快乐的！金秋十月，秋风送爽，秋天是黄金的季节、丰收的季节，是青年男女收获爱情的季节。秋天，"大头仔"与小伙伴们就如在天上翱翔的一只只自由的小鸟，漫天遍野地飞翔。孩子们在金黄的田野上、绿色的菜园中，甚至荒郊野岭里搜寻蟋蟀，把一只只活蹦乱跳的蟋蟀带回村中，在苍老的龙眼树下斗蟋蟀取乐，玩得不亦乐乎。孩子们从大人们那里偷师学艺，布下天罗地网，诱捕小鸟。主要方法有：撒一地谷米或者花生粒为诱饵，巧设机关，布下陷阱，静静地等待笨笨的鸟儿自投罗网。"大头仔"与小伙伴们捕获的鸟儿有麻雀、黄鹤、鹧鸪等。农历八月十五，这天是中秋节，新星村的习俗是炒石螺、拜月光、吃月饼。入夜，新星村各家各户多在露天谷坪、厅堂或四周贴上书有"月圆人寿"或"人月团圆"的红纸，然后摆上月饼、芋头、花生、石螺、香蕉、柚果、葡萄等食品，点上香烛，拜月光。礼毕放鞭炮，众人分吃月饼，品尝石螺和水果。

冬天，北方漫天飞雪，冰天雪地；南方数九寒天，红梅迎风怒放。动物进入冬眠季节。"大头仔"与小伙伴们不畏严寒，在辽阔的田野上捉田鼠、抓田鸡、饮蜂蜜，女孩子喜欢采摘油菜花装饰在头上。体格健壮的几个男孩子在"孩子王"的带领下，与东北汉子"斗腕力"。东北汉子高大威猛，力大如牛，十个男孩子加起来都不是他的对手。东北汉子一天的工作就是将蜜蜂放到田野的油菜花里采蜜。古诗云：采得百花成蜜后，为谁辛苦为谁甜？冬天里，"大头仔"等男孩子们喜欢的游戏是滚铁环、打弹子、射弹弓、打陀螺，女孩子则偏爱跳绳、踢毽子、跳"大海"。男孩和女孩都喜欢的游戏则是老鹰抓小鸡。孩子们制作的陀螺非常简单，只是，农村的孩子玩陀螺，不在于陀螺漂亮与否，是"醉翁之意不在酒，在乎山水之间也"，在乎身心的愉悦。

"大头仔"听闻"孩子王"的父亲曾亲自登门，恳求刘清婉的继父曙升叔和刘清婉的妈妈同意刘清婉与"孩子王"定娃娃亲。此事可能是空穴来风。不怕一万，只怕万一。万一真有此事呢？"大头仔"默默向苍天祈祷。或许，有心栽花花不开，无心插柳柳成荫。"我要上大学！我要改变命运！我要娶刘清婉为妻！""大头仔"到清水河畔放牛时，偷偷绕开小伙伴，自个儿来到清水河边，对着长流不息的清源人民的母亲河——清水河和河对岸莽莽群山近乎歇斯底里，大声呐喊！淙淙流淌的江水做证！巍峨壮观的群山做证！隔江耸立的文笔塔做证！江上芦苇和岸上草儿、花儿、蝶儿做证！星星和月亮做证！"大头仔"要娶刘清婉为妻！"大头仔"似有马良的神笔，写文章文不加点、一气呵成。族长看过"大头仔"的作文，赞不绝口，评价其"文气纵横，才华横溢，前途无量"，并说，"大头仔"与其他小伙伴不同，将来会大有成就。族长这一番言论，在新星村不胫而走，尽人皆知。刘清婉最怕写作文，老师布置作文，她就偷偷地找"大头仔"代劳。能够为心上人效劳，"大头仔"乐此不疲，来者不拒，有时当面就为刘清婉洋洋洒洒写好一篇文章，令刘清婉佩服得五体投地，不自觉地喜欢与"大头仔"一起玩。"大头仔"有时候帮助她做数学题并为她修改作业。这是"大头仔"与刘清婉心照不宣的、没有对外公开的秘密。日久生情，"大头仔"与刘清婉的感情日益加深，飞速发展。"大头仔"认为，自己和刘清婉才是真正天地造设的一对！人不能选择出身，但可改变命运。家境贫困不是错，关键靠勤劳的双手甩掉贫困的帽子。"大头仔"家庭条件不及"孩子王"，这是不争的事实，但是，"大头仔"坚信，凭着智慧的大脑、勤劳的双手，通过辛苦地打拼，将来可以赶超"孩子王"！

刘清婉从三岁起开始学习舞蹈、钢琴，现已很精通，练就能歌善舞的本领。再加上受"歌仙"刘三姐的影响，刘清婉犹如一只百灵鸟，歌声清脆悦耳，曲调婉转悠扬。刘清婉的妈妈欧美艳，人如其名，娇艳美丽。令人惊奇的是，刘清婉的妈妈已是年过三十的少妇，依然美艳如花。日子久了，"大头仔"通过与刘清婉的交往，了解了她妈妈的大概情况：欧美艳是广西人，高中文化，喜欢阅读小说，有较高的文学修养，看过的古今中外文学名著有《红楼梦》《今古奇观》《西厢记》《简·爱》《安娜·卡列尼娜》《复活》《基督山伯爵》等等，是一位货真价实的才女。刘清婉的爸爸刘灿光，是一位五官端正、气宇轩昂的男子，与刘清婉的妈妈欧美艳是高中同学。当时刘灿光是班长兼学校的学生会主席，欧美艳是学习委员兼学校广播站广播员。刘灿光才华横溢，欧美艳冰雪聪明，他们俩是郎才女貌，天生一对。他们同窗共读，互生好感，高中毕业没有选择上大学，而是响应伟大领袖毛主席号召：知识青年上山下乡，接受贫下中农再教育，在农村广阔天地里大有作为！他们相约选择一个小山村插队落户，接受贫下中农的再教育。他们在小山村举办了独一无二的婚礼。他们的爱情结晶——刘清婉，就是在青山秀水中孕育、出生、长大，后来成长为一个清新脱俗的才女！然而天有不测风云，刘清婉的爸爸因病去世了。

　　由于家庭的变故，刘清婉的妈妈伤心欲绝，含悲度日，以泪洗面，痛不欲生。怎样改变眼前的凄惨境况？怎样走出人生低谷？在众多亲友的劝说下，刘清婉的妈妈从痛苦中解脱出来。望着同样日日以泪洗面的爱女刘清婉迷茫的眼神，刘清婉的妈妈突然醒悟，不想再伤心颓废下去，为远离伤心之地，她决定带着女儿一起远嫁。千里姻缘一线牵。经刘清婉姨妈的介绍，刘清婉的妈妈决定嫁给新星村的蔡曙升。于是，刘清婉跟随母亲，千里迢迢来到新星村一个荒凉偏僻的地方安家落户。贫穷落后的新星村来了两位俊俏佳人，当时新星村沸腾了，大家议论纷纷。远近闻名的"光杆司令"蔡曙升娶了一个漂亮媳妇，全村男女老幼争相看个究竟，凑个热闹。人们替"大头仔"的三叔、人称"光杆司令"的蔡曙升感到高兴。族长激动地对大家说："曙升这小子几世修来的福气，竟娶上了这么漂亮的媳妇，还有一个漂亮女儿。"次日，新星村的村民似乎打开了话匣子，众说纷纭，莫衷一是。蔡曙升的幸运之处则是摘掉了"光杆司令"的帽子，既娶了老婆，又有了继女，建立了温馨的小家庭，令新星村的村民羡慕不已。

"大头仔"呢，则是遇上了红颜知己，找到了一生的最爱！美如"织女"的刘清婉与自诩"牛郎"的"大头仔"成了青梅竹马、两小无猜的小相好、小恋人。嗜书如命的"大头仔"通过刘清婉的关系，与刘清婉的妈妈成了忘年交。刘清婉的妈妈慧眼识英才，她来新星村不久后，经过细心观察，便断言：新星村所有男孩子当中，数"大头仔"最勤学好问、最有前途！刘清婉私下悄悄地对"大头仔"说："大头哥哥，我妈妈说你是村里最刻苦学习、最有出息的孩子。我妈妈还说你喜欢看什么书她都可以借给你，她很欣赏你呢。""大头仔"听闻受宠若惊，忙说："过奖，过奖。求之不得，求之不得。"经过刘清婉的一双纤纤玉手，把她们母女俩从广西带来的"百宝箱"——一箱沉甸甸的书，一本一本传递到了"大头仔"的手中。"大头仔"如饥似渴地浏览阅读。这些书，就如一股股甘甜的乳汁，哺育着"大头仔"不断成长。在艰苦的年代，在不平凡的岁月里，"大头仔"夜以继日，挑灯夜战，浏览、精读了古今中外众多的文学名著，打下了扎实的文学基础，为大学时代施展才华、大显身手积累了丰富的知识，为未来的发展创造了充分的条件。勤奋好学的他当上市作协主席之后，文学创作灵感不断涌现，发表了很多小说、散文和诗歌。"读书破万卷，下笔如有神。"实践证明这是真理。崭露头角的"大头仔"，不忘刘清婉母女俩的恩德。在"大头仔"心目中，刘清婉母女俩是知识、智慧的化身，是知识传播者。刘清婉母女俩不仅为新星村带来一股美人之风，更重要的是为新星村带来一股清新之风、崇文好学之风。滴水之恩，涌泉相报。当上市作协主席的"大头仔"不忘感恩，给刘清婉意外惊喜；对刘清婉的妈妈就像亲生妈妈一样看待，逢年过节常常回乡探望。刘清婉母女俩对"大头仔"十分关心，并为他取得的成绩感到欣慰。

第4章 "大头仔"的出生

在风雨如晦的岁月里，在凄风苦雨之中，在新星村一间简朴的红瓦青砖房子里，"大头仔"出生了！

"大头仔"自嘲是凡夫俗子，不敢奢望"文曲星下凡"。他生得脑袋大，国字脸，浓眉大眼，眉宇之间透露出英气，中等身材，清俊英挺，长相奇异。"大头仔"长相奇特，村民们特别喜欢他，喜欢逗他玩，喜欢讲故事给他听。村中民间艺人蔡伙萌给他讲《西游记》里的故事。蔡伙萌讲到精彩处，特别是"大闹天宫"时手舞足蹈模仿孙悟空的动作，令他终生难忘。村民根据他长相特点给他起了一个外号"大头仔"。村中三姑六婆、七姨八婶、叔伯兄弟全部搂抱过他，逗弄过他。"大头仔"很小的时候，新星村村民都说他以后会大有出息。后来，"大头仔"没有辜负乡亲们的期望，以优异的成绩考入西州某重点大学中文系。接到录取通知书那天，"大头仔"的父亲邀请村中60岁以上的老人吃饭。

"大头仔"出生时，他的父亲43岁，母亲35岁，属中年得子，"大头仔"的父母十分珍惜这个儿子，对他照顾和宠爱有加。"大头仔"从一个几斤重的婴儿到懵懂少年，不知经历了多少风风雨雨，不知啜饮了母亲多少甘甜的乳汁才长大。父亲是他的保护神，在他年幼的时候，父亲循循善诱地向他讲述"万样有"商店经营趣事。从前有一个十分孝顺父母的年轻商人，为吸引眼球、招徕顾客，他为自己的百货商店取了一个非常有气势的名字叫"万样有"。有一个饱读诗书的老学究，觉得此店名有些张狂，于是决定捉弄一下年轻的店主。一进店铺，老学究就大声说："老板，我要购买'深过海'与'大过天'两种商品。"年轻店主一听此言便知其来意，此人来者不善，是醉翁之意不在酒。只见店主略加思索，脱口而出："'读的书多深过海，父母功劳大过天'，客官自便。"
老学究一听此言，知难而退。此事经文人添油
加醋，一传十，十传百，"万样有"商店顾客
盈门，生意兴隆，名满天下。

"大头仔"天真烂漫，无忧无虑的童年生活
是骑在牛背上度过的。春天摸鱼儿，夏天游泳、
摸沙蚬，秋天斗蟋蟀，冬天掏鸟蛋、烤竹虫。
不知不觉，"大头仔"与小伙伴们快乐地成长，
很快便到了入学的年龄。于是，"大头仔"独
自到观州小学读一年级。"大头仔"家里很穷，
没有钱摆"开学茶"（"开学酒"），乡村这
一传统习俗也就免了。新星村素有行入学礼的
习俗。男孩长至六七岁，由外婆担开学茶，礼
物有书台一张，纸、笔、墨、鸡、酒、鞋、衣

服等。同时还在家设香案，跪拜孔子圣像。再由家长送往学校就读，并设宴招待亲朋，谓"开学酒"。"大头仔"第一天上学，他的父母到村口目送他上学，并再三嘱咐已读五年级的女儿杏花照顾好弟弟。"大头仔"跟着杏花姐姐高高兴兴地上学了，这是他走出落后、闭塞、荒凉的乡村的第一步，也是最坚实的一步！

十多年的读书生涯，"大头仔"终于苦尽甘来，考上大学，震撼了整个新星村。十年寒窗无人问，一举成名天下知！"大头仔"终于扬眉吐气，迈向更广阔的社会，走进更辽远的世界。离开故乡后，除了清明节回乡祭祖，"大头仔"很少回故乡了。自从父母驾鹤西归，"大头仔"有家难回，咫尺天涯，故乡成了永远的梦。"大头仔"成了永远漂泊天涯的游子。

由于"大头仔"专心致志，接受能力好，记忆能力强，能够举一反三，更主要的是他能自觉学习，有一股强大的动力驱使，加上"大头仔"决心考上大学、光宗耀祖，因此学习成绩一直在班级是前几名。很快他被老师、同学推荐为班长，成为学习的佼佼者，与姐姐杏花同为"校园学习标兵"。姐姐杏花才貌双全，被同学誉为"校花"，有很多男同学喜欢她。为丰富人民群众的文化生活，清源县委、县政府决定举办全县范围内的歌舞比赛。新星村村主任委派"大头仔"的姐姐杏花到县文艺学校学习歌舞，主要学习秧歌舞，学会之后回村传授给年轻人，以求在比赛中获得好的名次。杏花姐姐学成归来，村民特别是年轻人争着要跟她学习秧歌舞，把她当成偶像。"大头仔"趁家人不注意的时候，偷偷溜出家门，大步流星地跑到三叔蔡曙升家，与三叔、三婶打过招呼，悄悄和刘清婉说："刘清婉，请你到我家看杏花姐姐跳秧歌舞。"听说有舞蹈观看，本身就是舞迷的刘清婉求之不得，于是，她高兴地与"大头仔"手拉手，一路小跑到"大头仔"的家，观看杏花姐姐跳秧歌舞。冰雪聪明、很有舞蹈天赋的刘清婉，看过杏花姐姐表演秧歌舞之后，经消化吸收，细心琢磨一番之后，很快学会了秧歌舞。一回生二回熟，刘清婉很快便后来者居上，青出于蓝，她跳的秧歌舞比杏花姐姐跳得更优美、更好看。"大头仔"的姐姐有"伯乐"精神，她向村里推荐刘清婉为全村青年男女的秧歌舞老师。刘清婉当仁不让，欣然接受。在村中宽阔的打谷场，刘清婉巾帼不让须眉，似有八十万禁军教头林冲的气概，又有"杨门女将"穆桂英的大将风范，指挥若定、得心应手，教村中男女青年跳秧歌舞。打谷场上的刘清婉舞姿蹁跹、动作规范，既柔情似水，又柔中带刚。村中老人及小孩站在打谷场的一旁静静地观看。当看到刘清婉某个动作十分优美时，他们不约而同地鼓掌喝彩！打谷场犹如练兵场，刘清婉"沙场秋点兵"，学员们严肃认真、集中精神听刘清婉的教导，循序渐进地练习秧歌舞。刘清婉热情高涨，浑身洋溢着青春活力，光芒四射，尽展巾帼英姿。"大头仔"

的姐姐杏花，甘愿做绿叶。红花虽好需绿叶扶，刘清婉这朵红花在绿叶的映衬下更加灿烂、娇媚、动人和光彩夺目。她们不厌其烦，手把手教会大家跳规范、标准的秧歌舞动作，以蓝天为帷幕，以村打谷场为舞台，表演秧歌舞。舞台中央，伫立着一位青春少女，她翩然起舞；舞台中央及四周，站立着一个个俊男美女，舞动青春。哪个青年男子不善钟情？哪个妙龄少女不善怀春？面对光芒四射的刘清婉，新星村的男孩子们内心躁动不安、蠢蠢欲动。男孩子们精神不集中，动作频繁失误，遭到"大头仔"的杏花姐姐当面训斥，大声怒骂。女孩子们幸灾乐祸，嘲笑讽刺。"五朵金花"中除刘清婉外的其余四位更是醋意大发，对男孩子们做鬼脸。男孩子们相视而笑，顾左右而言他。对刘清婉一见钟情，与她青梅竹马、两小无猜，并发誓考上大学娶刘清婉为妻的"大头仔"望着楚楚动人的刘清婉，忘记了做动作。如此失态，多次走神，姐姐暗中怒踢"大头仔"几脚。如此这般，弄得"大头仔"面红耳赤，十分尴尬，狼狈不堪。好在他姐姐聪明过人，善于随机应变，帮助他遮掩过去了。回家之后，"大头仔"免不了被姐姐奚落一番。在杏花姐姐和刘清婉的精心辅导下，新星村青年男女很快就把秧歌舞的一整套动作全部学会了。自从跳秧歌舞之后，新星村的村民对舞蹈十分热衷，多次参加表演和比赛。新星村的男孩子都很喜欢刘清婉。新星村里一场没有硝烟的美人争夺战愈演愈烈！

俗语云：高才捷足者先登。看谁赢得少女的芳心，抱得美人归？清源县举办全县范围内的歌舞比赛。经过层层筛选、激烈角逐，新星村的指挥家"大傻"为团长、刘清婉为副团长的代表队一举夺魁，获个人、集体两项桂冠。新星村男女青年技压群芳，斩获集体赛事冠军。从穷乡僻壤来的年轻人的非凡表演，震动了整个清源县。能歌善舞的刘清婉被清源宣传部推荐到北京舞蹈学院进行深造。清源县宣传部梁科长热情地对刘清婉说："刘清婉同志，你很有舞蹈天赋，我们举荐你到北京学习。"刘清婉妈妈以其女儿年纪还小，放心不下她一个人孤孤单单、远走他乡为由，婉言谢绝县宣传部的几次三番劝说，刘清婉才留了下来。

在刘清婉妈妈的坚持下，新星村的村花——刘清婉才留在新星村。在文化沙漠化、精神生活相对贫乏的年代，能歌善舞的刘清婉为新星村人民单调的生活染上诗意、浪漫、丰富多彩的画色，在村民的人生记忆中画上浓墨重彩的一笔，留下精彩的一页！

后来，"大头仔"写了两首委婉含蓄的情诗寄给了读西州幼师的刘清婉：

风中女神

千年等待

万里奇缘

与君相遇如梦中

心有千千结

聚散两依依

星河香吻

仙女忽成美人鱼

挽狂澜

英雄救美地动摇

生死永相随

总有一份真情挥之不去

总有一份厚意抹之不掉

那就是我对你

风中女神

最纯真的初恋

致远方的情人

抹之不去

挥之不走

剪之不断

那是我

对你绵绵的思念

远方的情人啊

你可知道

我对你的挂念

是多么刻骨铭心

梦相随

死相伴

山盟海誓

海枯石烂

那是我

对你的一颗不变之心

想你想到地老天荒

爱你爱到天长地久

等你等到千年万年

那是我

对你一生的承诺

可能前生注定

一生愿意跟你走

恐怕今生无缘

只能与你

长相忆

不能长相守

但愿

来生转世

与你化作鸳鸯鸟

变作相思豆生生世世

与你长相忆——长相守

啊

生生世世

与您长相忆——长相守

随函附寄《诗经·国风·王风·采葛》一

诗给刘清婉：

彼采葛兮，

一日不见，

如三月兮。

彼采萧兮，

一日不见，

如三秋兮。

彼采艾兮，

一日不见，

如三岁兮。

此是醉翁之意不在酒，在乎山水之间也。

"大头仔"与刘清婉还有这样一段故事。

刚刚下过一场大暴雨，傍晚天星河的河水水流湍急。"大头仔"粗心大意，让刘清婉一个人去学游泳。怎知天有不测风云，一个急流，一个巨大的漩涡把刘清婉卷走了！"刘清婉，你在哪里？""大头仔"六神无主、惊慌失措地大叫，他突然看见刘清婉在水中拼命地挣扎，无情的急流已把她冲进了河中央。眼看着刘清婉就要再次沉入天星河水底，在此千钧一发之际，"大头仔"奋不顾身地跳下河，游过去救刘清婉。他左手紧紧抱住刘清婉的腰，让刘清婉头向上仰起，能够呼吸，右手拼命划水，双脚奋力踩水。历经一番与惊涛骇浪的生死搏斗，"大头仔"费了九牛二虎之力把刘清婉救上岸，轻轻地把她放在一块较平坦的空地上。紧接着

"大头仔"对刘清婉进行急救，让刘清婉吐出腹中的水。随着最后一口河水吐出，似受了天大委屈的刘清婉哇的一声哭喊出来。"大头仔"立刻安慰她。听着刘清婉轻轻的抽泣声，"大头仔"强烈地自责。啜泣声停了，刘清婉紧抱着"大头仔"，轻轻地说："大头哥哥，谢谢你救了我，救命之恩，永生难忘！"听刘清婉的肺腑之言，"大头仔"心头一热，感觉无地自容，非常惭愧地说："刘清婉，是我粗心大意，以为你已学会游泳了，让你一个人下河游泳。"

此前在天星河游泳的小伙伴们陆陆续续游回岸上，"大头仔"与刘清婉没有提刚刚发生的事情，若无其事地和小伙伴们有说有笑地打道回府。天星河上演一幕"英雄救美"的故事之后，小美人刘清婉与大头哥哥的心贴得更近了，在爱的天平上加上了重重的砝码！"大头仔"信心十足，坚信只要能考上大学，就有能力向刘清婉的妈妈提亲，把刘清婉娶回家，让她过上幸福的生活。为了实现建功立业这个远大的理想，为了圆大学梦、娶媳妇梦，"大头仔"埋头苦读，拼命读书，"头悬梁，锥刺股"等古人勤奋读书的方法，"大头仔"几乎一一仿效，经常读书到深夜。功夫不负有心人，"大头仔"终于苦尽甘来，考上了大学，就读西州某重点大学。至于能否娶美人刘清婉为妻，此乃后话，在此先卖个关子，将在下文一一解开悬念。

英雄救美的事情后，刘清婉与"大头仔"感情突飞猛进。小美人刘清婉与大头哥哥两情相好，这事看似密不透风，其实还是露出马脚，被小伙伴们看出了端倪。两人眉来眼去，打情骂俏，逃不过众人的眼睛。小伙伴们议论纷纷，觉得不可思议，都不相信刘清婉会选择"大头仔"。

第5章　拨云见日

蔡细柯教授回家务农的那段时间，向村民讲述了各个国家的历史，言简意赅。他对"大头仔"十分看重。

"大头仔"历经十多年的寒窗苦读，终于苦尽甘来，如愿以偿考上西州某重点大学，当时周围的村民都很羡慕他。填高考志愿时，经过蔡细柯教授的指导，他填报的是中文系。这一填写意义非凡，改变了"大头仔"的一生，成就了他多年的文学梦想。"大头仔"能够到中文系学习，后成为清源文学院教授，成为《清源日报》总编辑、青年作家，在文坛上崭露头角，出版长篇小说《沧桑》、科幻小说《王者之风》和散文集《文骄云雨神》，书法作品《笔涌江山气》受到文艺爱好者交口称赞，蔡细柯教授功不可没。"大头仔"与蔡细柯教授的相识是由蔡教授的大儿子蔡铿引荐的。蔡细柯教授父子俩都是"大头仔"的大恩人、大贵人！

"大头仔"与蔡细柯教授一段忘年交就从"大头仔"进入大学学习的那一天开始。每逢周末，"大头仔"都会登门拜访，到蔡教授家里做客，聆听蔡教授的教诲。蔡教授非凡的学识、高雅的谈吐，让"大头仔"一生受益匪浅，是"大头仔"在黑暗中摸索的指路明灯。进入大学校园学习的第一个周末，"大头仔"怀着激动、兴奋的心情登门拜访蔡细柯教授。交谈中，学识渊博的蔡教授让"大头仔"十分敬佩。天外有天，人外有人，大学校园卧虎藏龙。三人行必有我师。蔡教授胸怀韬略，具有家国情怀、国际视野，纵论古今。他虽然是俄语系教授，却出口成章，文思泉涌，文笔俊健，比起中文系教授毫不逊色！他的书法如行云流水，有晋人意韵、二王遗风，令"大头仔"佩服得五体投地。"大头仔"大学毕业后被分配到贫穷落后的地方工作，心情很低落，蔡教授百忙之中抽时间写了一封信语重心长地劝慰"大头仔"。

　　回乡务农的蔡细柯教授曾经担任过秧歌舞比赛的评委。他处事公正公平，在村民心目中威信极高，一言九鼎。秧歌舞比赛他宣布刘清婉出类拔萃，取得第一名。

　　粉碎"四人帮"，拨乱反正，恢复高考，大治之年气象新。已回南方某重点大学担任外语系教授的蔡细柯教授受滨海省教育厅的委托，肩负重任，回清源一中担任英语主考官，英语口试100名考生中只有20名勉强合格。他又受滨海省人民政府委托，在外语培训中心给准备出国考察学习的政府官员授课。

　　"文革"后"样板戏"横行神州，乡村是一片文化沙漠，人民娱乐极少，村民喜闻乐见的是"南歌"（又名"禾楼歌"，俗名"斗歌"）

擂台赛。歌手都是民间艺人，他们上知天文，下晓地理，他们的"斗歌"，斗的是记忆力、智力、口才，较量的是思维的敏捷，出口成章的能力。岗仔村的潘绍禾（被人们戏称为"大炮禾"），自幼喜欢看书，通读"二十四史"及《三国演义》《水浒传》《西游记》《薛仁贵征东》《薛仁贵征西》等，把历史与小说背得滚瓜烂熟。他记忆力惊人，参加"南歌"擂台比赛，十次有九次擂主非他莫属。他是名闻清溪乡的"吹牛大王"。俗语云：讲大话，掉大牙。潘绍禾大师可能"吹牛吹上天"，说了太多大话、假话，牙齿基本掉光，镶一口"金牙"，天真烂漫的孩童讥笑他为"金牙佬"。他的私生活令人不敢恭维，可是他编写的"哭书"（有婚嫁、红白事）和民歌等小册子流传十里八乡，中老年妇女特别喜爱，几乎人手一册。

关于新星村的趣事在此也说一些。新星村有很多如乐活动，村民们也十分活跃。

在还没有插秧机的时代，农村种植水稻普遍还是"脸朝黄土背朝天"的落后的手工操作。毛主席曾说过："在农村广阔的天地里是大有作为的。"为鼓励年轻一代扎根农村，调动青年人的积极性，新星村特举办一届轰动一时的插秧比赛。评委是回乡务农的大学教授蔡细柯、蹲点的"大傻"以及村中正、副队长和妇女主任。蔡细柯教授当众宣读比赛规则，要求"快、整齐（横行竖行成一条直线）"，做得最好的为赢家。"五虎上将""四朵金花""十八勇士"齐齐上阵参赛。村中男女老幼站在田埂上观看赛事。

在青年插秧比赛过程中，蔡细柯教授诗兴大发，即席朗读唐朝布袋和尚的插秧歌助兴："手把青秧插野田，低头便见水中天。六根清净方为道，退步原来是向前。"比赛结果是"四朵金花"如"鸡仔啄米"那样快，获"三八红旗手"称号；"五虎上将"眼疾手快，以整齐获"青年突击手"称号。"四朵金花""五虎上将"在插秧比赛中出类拔萃——获得一致好评。

新星村是一块风水宝地，是鱼米之乡，是清源县著名的粮产区。蔡氏祖先看中了这块风水宝地，在此开垦荒地，建设了新村场。新星村祖祖辈辈就在这一片神奇的土地上日出而作，日落而息，辛勤耕耘、播种、收获，用勤劳的汗水换取累累硕果。蔡细柯教授鼓励村民在解决自身生存条件后，为国家、民族着想，尽可能多交公粮，为国分忧，为国家多做贡献。村民唯蔡教授马首是瞻，勤俭节约、省吃俭用，把大部分粮食上交国家，无怨无悔。新星村上交公粮数量在清源县村级单位中是名列前茅的。

第6章　校园生活

　　"大头仔"是带着百家钱、穿着百家衣、载着百家期望，牢记着父母及其他亲人的嘱托，来到西州读大学的。"大头仔"与刘清婉话别，刘清婉含情脉脉，依依不舍地望着"大头仔"。好男儿志在四方。为了实现远大的理想、宏伟的抱负，为成国家栋梁之材，"大头仔"不得不忍痛与青梅竹马的刘清婉话别，到西州读大学，接受高等教育。"大头仔"拉着刘清婉的手，依依不舍，万般思绪袭心头，千言万语只能化作一句："刘清婉，多多保重，等我读完大学回来。"梨花带雨的刘清婉，眼睛哭得像灯笼，忍受着分离的痛苦，伤心地对"大头仔"说："大头哥哥，你曾说过，但得一个并头莲，煞强如状元及第。但自古好男儿志在四方，我不拦你，你安心到西州读大学，我等你。""大头仔"与刘清婉依依惜别，在与三叔蔡曙升、三婶欧美艳话别之后，在刘清婉盈盈泪花中离开了她的家。

"大头仔"为了理想前途，为了接受高等教育，不得不忍痛离别，踏上赴西州求学之路。

第二天一大早，村民们敲锣打鼓，村主任

又特意请邻村月岗村醒狮队前来助兴，欢送"大头仔"到西州读大学。场面热闹非凡，鞭炮声声，锣鼓喧天，规模、待遇与当年欢送"孩子王"蔡振国参军一样。痴情的刘清婉与热情高涨的小伙伴们坚持要送"大头仔"到上车的地点——清源县清源中学。梁山伯、祝英台"十八相送"留下千古佳话。刘清婉与小伙伴们的"千里相送"，那份深情厚谊，让"大头仔"感动不已。

天下没有不散的筵席。离别时刻到了，"大头仔"与小伙伴们一一握手话别，最后握着刘清婉的手久久不愿离开。"执手相看泪眼，竟无语凝噎。"在刘清婉的盈盈泪花中，"大头仔"挥泪告别，脚步沉重地上了车。汽车启动了，"大头仔"把头伸出窗外，与心爱的人刘清婉和儿时的小伙伴们挥手告别。"大头哥哥请多多保重，请多来信！"刘清婉声泪俱下。"'大头仔'一路顺风，不要忘记我们！"小伙伴们异口同声地说。"刘清婉，我会记住的！各位兄弟姐妹们，大家辛苦了，大家都保重，我永远忘不了你们！你们回去吧，再见！"

汽车缓缓驶出清源中学、清源县城，"大头仔"脑海里蹦出了诗句：

轻轻地我走了，

正如我轻轻地来；

我轻轻地招手，

作别"清源"的云彩！

汽车经过几个小时的颠簸，缓缓驶入西州。参天耸立的高大的木棉树挂满了木棉花，如天边一朵朵红云，又似一盏盏红灯笼，欢迎一批又一批大学新生的到来。西州，美丽的城市，素有"花城"美称，是中国著名的国际大都市，是改革开放的前沿。与儿时的西州相比，这儿简直发生了翻天覆地的变化。"大头仔"记得他6岁时，天刚蒙蒙亮，妈妈就带着他在清江石角路口乘船去探望大姐月圆姐，姐夫陈锦园热情好客，带着第一次来西州的"大头仔"到处逛逛，开阔视野，看看新星村外的大千世界。这是"大头仔"和母亲第一次进入大城市，就像刘姥姥进入大观园，一切都是那样陌生新奇，一切都要小心谨慎，否则一不小心就要闹笑话、洋相百出。童年时，"大头仔"就立下誓愿，将来要冲出小村庄、冲出大山到西州读大学，并且走向世界。皇天不负有心人，今天他真的踏入西州了，还读了大学。汽车缓慢地驶过市区，渐渐靠近目的地，最先映入眼帘的是一幅绝美的山水画卷：蓝蓝的天，白白的云，青青的山，盈盈的水。山清水秀、林木苍翠，百花盛开、百草丰茂，万紫千红、碧波荡漾，随着山水画卷徐徐展开，汽车如入仙境。大学新生们异常兴奋，由衷地感叹："太美了，西州！西州大学就在前面了。"教学大楼和学生宿舍等幢幢大楼依山傍水而建，校园被群山围绕，濒临水库，空气清新，环境优美，恰如世外桃源，真是求学成才、畅游书海、探求真理的好地方！这里山美水美人更美！"到了到了，西州大学到了！"坐了几个小时的车，终于得到释放，忍不住激动心情的几位男生高声叫道："终于到了！"

望着校门"西州大学"几个金色大字，"大头仔"的心灵被震撼了！十年寒窗苦，终于有幸成为西州大学的学生了！看着新同学，他们的脸上写满了激动与兴奋。汽车在西州大学停车场缓缓停住，"大头仔"与同学们很有秩序地下了车。经师兄师姐们的指引，新生们各自找到自己的宿舍。整理好行李之后，新生们到大学食堂集合，同专业坐一桌，十人一桌。这是西州大学给新生的见面礼：一顿丰盛的晚宴，也是"大头仔"与同学的第一次聚餐。人们常说"食在西州",果然名不虚传。第一顿饭,西州大学就给新生们留下美好的记忆:品种繁多,色香味俱全。虽说不上是山珍海味,但与高中时代单一的菜式相比简直就是天壤之别!这些菜式,琳琅满目,令人应接不暇,体现西州这个大都市的餐饮特色。经过几个小时的颠簸,新生们都饿坏了,大家面对满桌色香味俱全的饭菜,毫不客气、狼吞虎咽、大饱口福。第一次聚餐,新生们吃饱之后,各自回到宿舍休息或到校园各处走走,熟悉校园环境。"大头仔"与几个同学一见如故、十分投缘,后来成了铁哥们,后来他们被同学们称为"中文系四大才子"。他与林新、袁珂、梁启文一起,漫步校园大道，行走在弯弯曲曲的羊肠小径，了解校园的一草一木。

"大学者，非有大楼之谓也。有大师之谓也。"清华大学校长梅贻琦的至理名言穿越时空，历久弥新。西州大学，名师云集，人才辈出，星光熠熠，被誉为新时期的"黄埔军校"。（西州大学前身是西州市公务员活动中心。省政府响应改革开放总设计师邓小平的伟大号召，普及九年制义务教育，把该中心改建为一所师范大学，为国家培养"人类灵魂工程师"，是教师的摇篮。）人民群众有口皆碑，社会有识之士评价极高。西州大学的众多建筑依山傍水，环境优雅、空气清新。校园东面、北面、西面均是连绵不断的巍峨群山。漫山遍野长满郁郁葱葱的松树，苍翠欲滴、松涛阵阵，令人心旷神怡。校园南面的水库，烟波浩渺，碧波万顷，绿水荡漾，令人赏心悦目。西州大学教学楼坐北朝南，背靠巍巍青山，面向碧波浩渺的水库，水库两边大坝呈左右对称布局，气势磅礴，雄伟壮观，又似雄鹰展翅或是巨航扬帆出海，构成独特景观。西州大学的图书馆修建在水库旁，似一艘巨型航空母舰停泊在大水库岸边。图书馆分三层，宽阔敞亮，窗明几净，夜晚灯火通明，是莘莘学子求学最向往之地。图书馆北面是标准的足球场，是莘莘学子做广播操、跑步、踢足球的场地。西州大学宿舍楼一共有六幢：1、2号楼，花园式别墅，是教授宿舍；靠近游泳池旁的3、4号楼是女生宿舍；依山而建的5、

6号楼是男生宿舍。

　　校园游泳池旁有2个标准篮球场、1个羽毛球场、1个溜冰场。羽毛球场背面是食堂、大礼堂，食堂正北建有假山池沼；篮球场东面是墙报专栏，是学子展示才华的平台；校园生活小区设有广播站、记者站、校医室、超市和停车场等，离校门最近的是学生管理处、收发站和保卫科。校园到处可见参天耸立的木棉树、白桦树，还有很多不知名的花花草草，种类繁多，姹紫嫣红，争奇斗艳，美不胜收。西州大学建筑布局合理，假山池沼错落有致，花草树木浑然天成，是一所花园式学校。西州大学，藏龙卧虎，英才辈出，是莘莘学子求学的风水宝地，来此地学习的都是新时代的大学生，是国家未来的希望。

　　"大头仔"十分珍惜这难得的学习机会,心无旁骛,如饥饿的人扑在面包上一样汲取知识、勤奋学习。一些城里来的学生,每逢双休日,便争先恐后地乘学校专线车到西州市中心逛街购物,或到附近的名胜古迹游览观光。出身寒门的"大头仔"每天休息的时候便泡在图书馆,如饥似渴地阅读大量古今中外文学名著,身心十分愉悦。"大头仔"的同学朱嫣的妈妈黎杏梅经常看到女儿与"大头仔"走得很近,她私下对"大头仔"的杏花姐姐说:"你弟弟在众多男生中最纯朴,品质最优秀,学习最刻苦努力!"朱嫣的妈妈黎杏梅真是慧眼识英才。"大头仔"不负众望,刻苦努力,入学时他的成绩刚好达到大学录取分数线，然而到第一学期期末考试，他的总成绩跃居中文系第二名。这是"大头仔"努力学习的成果。"大头仔"的写作与文学概论课程成绩在中文系一直名列前茅。读大一时，"大头仔"在大学生社会调查报告征文比赛中获全省第二名，老师和同学纷纷感到惊讶，并祝贺"大头仔"取得好成绩，"大头仔"也因此被誉为"中文系才子"。后来"大头仔"又考入《西州大学生报》，任记者一职，兼任班刊《棒棒糖》和校刊《龙吟》的编委。这些成绩都离不开"大头仔"的付出，他经常读书读到深夜。周末，同学们邀请他出去玩，他也拒绝了，他要把更多的时间用在读书写文章上。他的努力是有回报的，他在这条道路上不断取得佳绩。

"春风得意马蹄疾，一日看尽长安花"。一日，心情愉快、勤奋努力的"大头仔"散步之后回到宿舍，展开纸笔，文思泉涌，写下一则为未来定调的日记："9月9日，这是永生难忘的日子。十年寒窗苦，一朝跃龙门。我终于扬眉吐气，成为大学生了。我虽然是穷困潦倒的一介书生，但未妨碍我之襟怀笔墨者为中华之崛起而读书，为国争光，为国育才。"

大学新生报到之后，第二天早上9点，西州大学的大礼堂举行隆重的开学典礼，校长致开幕词，副校长兼中文系主任作热情洋溢的讲话。开学典礼完毕，新生到各自系各自教室集中，认识新老师、新同学，熟悉新环境。开学典礼之后，全体学生进行为期七天的军训。

军训要求学生5点30分起床进行晨跑，在这之前要求学生各自叠好被子，漱口洗脸，一切紧张又有条不紊，进行军事化的训练。实弹射击时，"大头仔"不懂步枪的射击原理，肩膀被步枪的后坐力撞伤，花了一个星期时间，用完一支红油，伤口才得以愈合。伤痛的印记，留下一个难忘的记忆，"大头仔"觉得是值得的。军训七天，"大头仔"和同学们与教官朝夕相处，产生了深厚的感情。离别那一刻，同学们依依惜别，洒泪相送。

紧张而又有秩序的军训结束了，新生们按部就班，回到各班，正式投入学习之中。"大头仔"读的是中文系，有100名学生，是各系之中人数最多的。中文系学生学习的是古今中外的文学名著，燃烧的是青春的激情。大学教授说的是楚辞、汉赋、唐诗、宋词、元曲和明清小说与外国文学，讲的是贾宝玉、林黛玉、薛宝钗的恋情和哈姆莱特与奥菲利娅生死之恋等。中文系的课，谈的是"爱"，说的是"情"，充满诗情画意，令人如沐春风。茶余饭后，谈诗论赋，把酒问月，清流赋诗，湖边散步，风花雪月，指点江山，激扬文字。月上柳梢头，人约黄昏后。在生日聚会时，对酒当歌，人生几何？在节假日，同学们成群结队，外出旅游，寻找灵感，寻找诗情，寻找激情与浪漫！

一个阳光明媚的周末，班级组织交游。同学们到南海西樵山旅游，吃西樵大饼，看"斑竹一枝千滴泪，红霞万朵百重衣"。此次集体郊游，王红拍摄的照片意外曝光过度。同学们的青春身影化作无形，随风而逝，因此没有留下珍贵美好的回忆，很是遗憾！校刊《龙吟》特别刊登了"大头仔"的诗《无尽的歌唱》和蔡湘湘的哲理小诗《湖里月，月里湖》。两首诗的发表，让老师和学生注意到他们。"大头仔"被誉为"小诗人""中文才子"，而蔡湘湘则被誉为"女神""中文才女"。学校举办"三笔字（毛笔字、钢笔字、粉笔字）"比赛，"大头仔"凭借深厚的书法功底，技压群雄，独占鳌头，勇摘冠军。

　　"大头仔"入学的第二年刚开学，学校贴出
告示，要求以各级各系为单位，举办以"迎国
庆　贺中秋"为主题的黑板报大赛，同学们踊
跃投稿。班长邓虹、学习委员朱嫣精心挑选在
书法、画画、写作方面有专长的同学参加。校
花、学习委员朱嫣极力举荐写作、书法两方面
均有特长的"大头仔"参赛。宣传委员郭文任
总编辑兼版面设计；"大头仔"负责书写和审
稿、定稿；张晓晓负责画画和投稿及校对。宣
传委员郭文决策民主，胸怀广阔，有容人雅量。
板报大量版面由名不见经传的"大头仔"书写。
书法功底深厚的"大头仔"，挥毫落纸如云烟，
一支粉笔在"大头仔"手中挥洒自如。书写的
字体线条优美流畅，如行云流水，令人赏心悦

目。中文系的同学惊讶、佩服、赞叹，评委赞赏，大学教授看了也频频点头，连说"字写得很好！很好！"。讲授书法课程的李教授更是赞不绝口，说中文系藏龙卧虎、人才济济，写粉笔字的学生书法功底深厚，是书法的好苗子，假以时日，必成大器！张晓晓的漫画大胆、夸张，文章风格幽默风趣，同学们看后捧腹大笑，纷纷竖起大拇指，交口称赞。

最后的评选结果是，"大头仔"他们班第二。第一次"出师"就夺得榜眼之名，学生们齐聚在水库旁的一片宽阔的沙滩上，点燃篝火，烧烤，饮啤酒，以示庆贺。同学们兴致很高，有的玩起"剪刀石头布"，输的自罚一杯酒；有的猜"行酒令"中的"飞花令"。酒足饭饱之后，同学们载歌载舞，接着玩起捉迷藏游戏、两人三足游戏。同学们青春的热血在身上汩汩流淌、奔涌，青春的激情在胸中熊熊燃烧，青春的汗珠在额上闪闪发光。今夜无眠，海棠花开。大家玩得不亦乐乎！凭着黑板报比赛的骄人战绩，"大头仔"一战成名，迅速在中文系甚至在校园走红。同学们羡慕"大头仔"写得一手漂亮的字体，纷纷表示要请"大头仔"分享学习书法的经验。

在大学校园诗歌朗诵比赛中，"大头仔"朗诵自己的原创诗《青春诗行——无尽的歌唱》，声情并茂，获得季军。"想不到你这个臭小子，身怀绝技，藏而不露。谨代表舍友衷心祝贺你为中文系争了光！"寝室长邹坚推心置腹地说，"'大头仔'，你现在是校园明星了，我们应该改口称你为'诗歌王子'了。"有个别女同学芳心暗许，但"大头仔"心中只有刘清婉，故一概视而不见。

"大头仔"与同学们相处得很好，整个班级是一个温暖的大家庭。有些女孩子每月有多余的饭菜票，她们首先给"大头仔"，其次才给宣传委员郭文、班长王畅、副班长林新。在一次学校举办的文艺晚会上，"大头仔"经校花朱嫣极力推荐以及班委的鼎力支持，口琴独奏一曲《小城故事》。晚会在大礼堂举行，校长、教授、学生们济济一堂，可容纳5000人的大礼堂座无虚席。来自乡村的"大头仔"第一次经历如此大的场面，双腿微微发抖，冷汗直冒。

前无进路，后无退路，唯有背水一战。在为班争光的信念的驱使下，奇迹发生了，一曲《小城故事》乐韵悠扬，余音绕梁，令师生们赞叹不已。"大头仔"的表演留有一张照片，他把这一张珍贵的照片寄回老家，家人看了以后便把它摆在相架的中央位置，让亲戚朋友来欣赏。

王教授是一位善于"相马"的伯乐，他沙里淘金，慧眼识珠，在中文系的众多学生所交的作业中，他一眼发现"大头仔"的作业与众不同，认为该生出类拔萃，文学功底深厚，见解入木三分，从众多学子中脱颖而出，确实是一匹"千里马"，前途不可限量。

魏文帝曹丕在《典论·论文》中写道："盖文章，经国之大业，不朽之盛事。"桐城派领袖姚鼐说："文者，天地之精英，而阴阳刚柔之发也。"王教授在"大头仔"的文学作业上写下这样的评语：该文"如霆，如电，如长风之出谷，如崇山峻崖，如决大川，如奔骐骥"。他把"大头仔"的文学作业评为第一名，并张榜公布，以示嘉奖，让学子仿效。"中文系才子"的头衔落在"大头仔"身上，实至名归。同学们少不了向"大头仔"竖起大拇指，以示祝贺！

光阴似箭，日月如梭。很快，到了放假的时间，"大头仔"在大学图书馆借了文学名著《复活》《安娜·卡列尼娜》《飘》，带着写一篇大学生调查报告参加征文比赛的任务，高高兴兴，满载而归。父母期盼，家人欣喜，父老乡亲嘘寒问暖，童年小伙伴们促膝谈心。"大头仔"踩着破旧的"凤凰牌"自行车，载着刘清婉，到清溪大有中学采访黄国其校长。一路上，他们有说有笑，有倾诉不完的绵绵情话。路边，鲜艳的麦儿在向他们招手；树上，美丽的鸟儿为他们歌唱。刘清婉鼓励的眼神，让"大头仔"似有使不完的劲儿、抒不完的情，心中暖暖的，青春的激情在熊熊燃烧！

西州大学依山傍水，卧虎藏龙，人才济济。为庆祝党的生日，学校特别举办红色经典革命歌曲大赛，以班级为单位参赛。"大头仔"他们班参赛的歌曲是《长江之歌》和《没有共产党就没有新中国》。俗话说，人心齐，泰山移。

"大头仔"他们班学生发扬集体主义精神，万众一心，团结一致，认真地排练演唱。功夫不负有心人，"大头仔"他们班取得了好成绩，同学们激动得热泪盈眶。班级就如一个温暖的大家庭，时刻温暖着来异乡求学的"大头仔"那颗孤独无助的心，使"大头仔"一生受益，一生牢记，留下美好回忆。

一次，西州大学校报《龙吟》面向全体学生公开举办以"青春"为主题的征文比赛。在校园的多功能会议室，筛选出来的来自各系的100名高手同台竞技，现场写一篇命题作文。"大头仔"和中文系的同学张晓晓、张韶闻、杨群、邹坚、袁珂、刘嫣红等沉着应战，同台竞技。"大头仔"凭借深厚的古文功底和文学修养，过关斩将，成绩排名第一。中文系的几位师兄师姐和同学均榜上有名。《龙吟》校报的消息、通讯、随笔等，思想新颖，嬉笑怒骂，入木三分，开创校园青春文学一代新风，其风格独特，深受广大师生的喜爱。金秋十月，校报《龙吟》隆重推出中文系写作教授司徒俊杰的小说《爱之梦》，《诗歌园地》发表了"大头仔"的《青春之追求》。硕果累累的季节，大学生们争相阅读这一期的校报，反响尤为强烈。大学毕业若干年，"大头仔"埋头十载，潜心创作出长篇小说《沧桑》、科幻小说《王者之风》，学生超越老师，青出于蓝，这是令人意想不到的。"是故弟子不必不如师，师不必贤于弟子。"人类只有不断地超越，社会才能有进步，历史车轮才能向前进。

"大头仔"利用课余时间，尽展平生所学，写了两篇游记《天开清远峡》《地转凝碧湾》，发表在校刊上：

天开清远峡

青青的山，澄澄的水，蓝蓝的天，白白的云。

清远县城就坐落在粤北崇山峻岭绵延数十公里处的笔架山南面。笔架山山色如黛如翡翠，春如兰，秋如画。县城就如镶嵌在图画中。

县城依山傍水而建，是江南著名的山水城市。县城东面是层峦叠翠的大帽山、碧水长流的北江三峡、江水澄澈的凝碧湾、临江而建的七星塔和清远八景之一"峡口春帆";县城西面是名列清远八景之首的"鳌塔晴烟";县城北面就是巍峨壮观的笔架山,这里有清远八景之两景"笔架看云"和"仙源飞瀑";县城南面就是"澄江似练"、江水清冽、长流不息,似柔情少女又被誉为清远"母亲河"的北江。

县城内,物阜民丰,高楼鳞次栉比。"市列珠玑,户盈罗绮,竞豪奢。"街道人来人往,车水马龙,川流不息。茶楼酒肆,人声鼎沸。店铺林立,商品琳琅满目,令人眼花缭乱,目不暇接。县城人烟之阜盛、商业之繁荣,令人叹为观止。好一幅活灵活现、栩栩如生的"清明上河图"!北宋大文豪苏轼因"乌台诗案"

被贬岭南，在往惠州上任的旅途中，乘一叶扁舟，沿北江顺流而下，路过清远县，被北江两岸的秀美景色，特别是飞来峡、凝碧湾一带的奇景以及清远的风土人情所吸引所陶醉，如饮百年佳酿，情不自禁，诗情喷涌，一挥而就，写下千古绝唱《峡山寺》：

"天开清远峡，地转凝碧湾。我行无迟速，摄衣步屏颜。山僧本幽独，乞食况未还。云碓水自春，松门风为关。石泉解娱客，琴筑鸣空山。佳人剑翁孙，游戏暂人间。忽忆啸云侣，赋诗留玉环。林深不可见，雾雨霾鬓鬟。"

李翱又有诗云："一水远赴海，两山高入云。"唐朝状元张九龄感叹："重林间五色，对壁耸千寻。"

清远，北江明珠，自古名扬四海，是一方"骚客吟无尽，良工画想难。奇哉真福地，千古镇人寰"的福地、旺地、宝地。

地转凝碧湾

"天开清远峡，地转凝碧湾。"宋朝大文豪苏轼在《峡山寺》中所指的"凝碧湾"位于清远城区东北面。此处有崇山峻岭，茂林修竹；此处有清流急湍、映带左右；此处江宽流急，景色怡人，赏心悦目；此处的江水碧绿碧绿，天空湛蓝湛蓝。两岸青山耸峙，青松蔽日，山花烂漫，溪水潺潺。山峰白云缠绕，山腰黄鹤盘旋，清脆的鸟鸣声，声声入耳，悦耳动听。

"蝉噪林愈静，鸟鸣山更幽。"多么幽静啊！"凝碧湾"简直是人间仙境，神仙居住的地方，不是天堂胜似天堂！此处靠近中国道教第十九福地（飞来寺），距离清远新八景之一的"飞霞烟雨"也不远。飞霞山，因留下古今众多文人骚客的墨宝，特别是"清远居士"汤显祖在飞霞山写下的千古杰作《牡丹亭》而蜚声海内外。

北江峡口，江宽流急。清远八景之一的"峡口春帆"就位居此处。放眼望去，江水东南岸是一望无际的洁白色的沙滩。向远处眺望，一大片青青翠竹，郁郁葱葱，遮天蔽日。东北面，依山傍水而建的白庙村居升起袅袅炊烟。江面上老渔翁划着竹排，撒网捕鱼。站立在竹排上的鱼鹰不甘示弱，纷纷潜入江中追逐猎物。很快，一只只老练的鱼鹰嘴上叼着一条条鲜鲤飞出江面，乖乖回到老渔翁身边，等待老渔翁的奖赏。苍鹰在凝碧湾上空上下翻飞，左右盘旋。这被誉为"鸟中之王"的苍鹰，在展翅翱翔，在狂野号叫，雄姿英发，直刺苍穹！

"鹰击长空，鱼翔浅底，万类霜天竞自由！"好一幅绝美的山水画卷。山川、草木、黄鹤、雄鹰、急流、险滩、翠竹、村居、山花，色彩斑斓，异彩纷呈，诗意迭出，组合成一幅充满诗情画意的山水长卷。游人如入仙境，如入画图中。这不就是人类的理想——"诗意的栖居"吗？苏轼说过"日啖荔枝三百颗，不辞长作岭南人"。而今，我要说："日啖河虾三百只，不辞长作碧湾人！"（清远"峡口虾"是北江河鲜首选的一道名菜。）品北江河鲜，尝"峡口虾"，食"刻骨铭心"（黑骨鱼，味甘美、鲜嫩，入口即化，尝试一口即"刻骨铭心"），叹"飞霞液"，吃"清远鸡"（周恩来总理设国宴招待美国尼克松总统的鸡种），作勇士漂流，泡"温泉浴"，这才算不枉清远一游，这才算不是神仙胜似神仙！突发奇想，在此处依山傍水建一幢"碧湾别墅"该有多美！可以观野鹤闲云，可以望天上云卷云舒，可以看庭前花开花落，可以览崇山峻岭、茂林修竹、清流激湍，可以听黄鹤鸣叫、高铁鸣笛、禅院钟声，可以瞧苍鹰盘旋、莺歌燕舞、渔翁撒网、渔鹰猎鱼，可以睹苍松翠竹、江枫渔火和日出日落。每日荷锄，日出而作，日落而息。三五知己，围炉夜话，对酒当歌，人生几何。诗意地生活，诗意地栖居。

此处真是大自然鬼斧神工的杰作！无论前生、今生、来生，但愿生生世世在此长留。一句话：无论化成灰，化成土，化成烟，都要长留"凝碧湾"！

"凝碧湾"，山是山，水是水，山水分明。山清水秀，禅味十足，人间仙境，世上天堂，不过如此！一个信念从心中奔突而出：

天下第一湾——凝碧湾！

令人意想不到的是，游记一经发表，引发轰动。同学们纷纷邀请"大头仔"做他们的导游，吃清远鸡，品峡口虾，赏"飞霞烟雨"。

天降七星下凡尘。早就听说，肇庆七星岩、鼎湖山赫赫有名，湖光山色，风景秀丽，美不胜收，加之叶剑英元帅、郭沫若的诗文赞美，令其锦上添花，声名远播，令学生们无限向往。在"大头仔"读大三时的某个临近中秋节的星期天，秋风送爽，天高云淡，同学们到七星岩旅游观光。星湖七座小山丘呈"北斗七星"状分布，错落有致。湖堤杨柳依依、绿树成荫，湖水清澈、碧波荡漾。此处不是西湖胜似西湖，游人如织。这次旅游同学们玩得非常开心。很多同学都是第一次来这里，感到十分新鲜。"大头仔"提仪今后有时间可以经常组织大家一起游玩。

人世间最美好的不是崇山峻岭、茂林修竹、大漠孤烟、长河落日，而是人与人之间心灵相通、团结友爱、和谐共处、真情永在。三五知己，围炉夜话，促膝谈心。

阅读使人崇高。阅读就是人生用温暖痛苦的泪眼去瞭望辽阔未知的世界。简而言之，人生就是用泪眼去阅读现实世界。

西州大学图书馆伫立在水库旁，这在南方众多大学中出类拔萃，独一无二。它是西州大学莘莘学子心目中的圣殿。学子晚饭过后、散步回来洗过澡之后，第一时间纷纷拥进图书馆抢占位置。很快，馆内座无虚席。畅游知识海洋的莘莘学子静静地呃吸，静静地阅读，静静地汲取人类经典著作中的智慧精华。庞大而又寂静的图书馆灯火通明、鸦雀无声，偶尔只听见沙沙沙翻书页的声音。

晚自修下课钟声响起，惊动了在图书馆附近的白桦树上栖息的鸟儿，它们扑棱棱地飞走了。同学们意犹未尽、依依不舍地离开知识的殿堂，走回学生宿舍。他们一路上有说有笑，交流看书的心得体会，走在校园的通幽曲径上，沐浴着皎洁的月光，听着唧啾虫鸣，步履姗姗，去往寝室休息。一宿无话。

启明星还挂在西山，晨曦初露，太阳从东方冉冉喷薄而出之时，校园运动场上已是热火朝天。有跑步的，有打太极的，有踢足球的。篮球场上男生朝气蓬勃；羽毛球场上女生英姿飒爽；溜冰场上女生如天女散花，又似敦煌飞天，男生如矫健雄鹰，展翅翱翔。

"大头仔"觉得大学里最富有诗意、最有情趣、最令人刻骨铭心的是文学欣赏课，与同学们面对面、心贴心交流阅读文学作品的体会是世上最赏心悦目之事。

大学里比较难忘的课还有写作教授司徒俊杰讲授自己创作小说《爱之梦》的心路历程与技巧，还有学校邀请大作家、大诗人朱紫庆先生所做的诗歌讲座。"大头仔"的理想是当一名诗人，继承李白、杜甫、白居易的诗风，吸收普希金、雪莱、拜伦、但丁的风格，创作诗歌。但是，他看了《世界文学》杂志后改变了自己的想法，西方作家普遍认为，衡量一个国家文学水平高低的重要标杆是——长篇小说。

长篇小说，是一个国家的名片，如《红楼梦》之于中国，《飘》之于美国，《战争与和平》之于俄罗斯，《傲慢与偏见》《简·爱》之于英国，《巴黎圣母院》《悲惨世界》之于法国，《唐·吉诃德》之于西班牙，《百年孤独》之于哥伦比亚，《阴谋与爱情》之于德国，《源氏物语》之于日本……"大头仔"想当诗人的念头动摇了，创作了几首青春诗歌之后把主攻方向转向了长篇小说。他几乎花费了所有时间和所有精力，阅读古今中外众多经典的长篇小说，梦想做一名杰出长篇小说作家，写一部杰出的长篇小说作品传世，这是"大头仔"毕生的追求——伟大的文学梦！

"大头仔"夜以继日、挑灯夜战，疯狂地阅

读古今中外的经典文学作品，特别是那些经典的长篇小说。文学需传承与创新，阅读文学大师的作品，"大头仔"感觉自己是一个在沙滩上玩耍拾贝壳的孩子，与众多高尚的人进行心灵对话，站在巨人的肩膀上进行文学创作。他试图集百家之长而成一家之言，他的人生理想、信念与追求就是吸收文学经典的丰富养料，结合曲折的人生经历和社会实践，创作一部史诗级的长篇小说，成就惊天动地的伟大事业。他从历届诺贝尔文学奖和茅盾文学奖获奖作品文学杰作中汲取丰富的精神养料，像一个婴儿吮吸母亲甘甜的乳汁，打下扎实的文学功底，不断提高文学素养。

人生难得一知己，千古知音最难觅。常常

与"大头仔"散步，探讨文学、人生、爱情事业话题的同学有汤松翰、邹坚、王畅、罗冲、梁启文、林新、袁岳珂、侯忠、邓行、张来、陈智、廖辉等。

　　实习老师就要回西州了，实习学校凤城中学的学生自发组织送行。那离别的场面极其震撼！学生们依依不舍，集体痛哭，哭声淹没了街道车流声、学宫市场的喧哗声。英雄气短，儿女情长。自古男儿有泪不轻弹。身为男儿的"大头仔"，被学生的真情所打动，泪水夺眶而出！女同学更是泪流满面！

　　人生有情泪沾襟，江月江花岂终极！这是震撼"大头仔"一生，震撼其灵魂，令他永生难忘的记忆——实习。

光阴似箭，日月如梭。转眼间，"大头仔"就要进入实习阶段了。他未雨绸缪，不打无准备之仗。"大头仔"实习主讲课文是七年级的一篇记叙文《截肢和输血》。为了短短45分钟的精彩呈现，"大头仔"做足了准备。首先大量阅读参考资料，草拟一份教学设计（教案）；其次进行试讲，修改方案。实习小组成员互相取长补短。与"大头仔"分为一组的同学有王红、李玮莹、朱玉珍、陈园、黄平。幸运的是，"大头仔"试讲期间得到实习指导老师徐琳兴语重心长的教诲，并得到学习委员——有"校花"之称的朱嫣的无私帮助，纠正了发音，理清了教学思路。至于是谁向朱嫣透露"大头仔"

试讲情况，建议朱嫣大力帮助"大头仔"的，成了一个谜。

在西州大学对口实习基地——清源凤城中学安营扎寨后，幸运之星再次高高照耀着"大头仔"，他得到了实习班主任陈秀凤无微不至的关心、爱护与帮助，得到实习班级语文老师郑瑞娟的悉心指导，实习工作得以有条不紊地顺利展开。第一次上课，面对一张张天真幼稚的孩子的脸、一双双求知欲旺盛的大眼睛，"大头仔"面红耳赤，心跳加速，试讲时变得结结巴巴，前言不搭后语，脑袋几乎一片空白，只能照本宣科，结果事与愿违。"台上一分钟，台下十年功"是真理。

为了丰富学生校园生活，"大头仔"亲自

抄写刻印《龙的传人》歌曲，利用音乐课教学生唱这首流行歌。实习内容、实习生活多姿多彩。庆祝元旦文艺会演，实习的大学生为清源人民、凤城中学学生献上舞蹈《血染的风采》，赢得雷鸣般的掌声。"大头仔"有一本实习日记，详细记录实习的情况，可惜放在杏花姐姐家里不见了。值得欣慰和庆幸的是，一封十分珍贵、价值连城的信（"大头仔"回到西州大学，学生罗秀芬写给他的信）还在，足可以弥补此损失。这封弥足珍贵的信，见证一段不平凡的岁月。窥一斑而知全豹，见一目尽传精神。

天下没有不散之筵席。时间过得飞快，眨眼大学就要毕业了。同窗数载，情如手足，一朝离别，依依不舍。人世间最痛苦的事莫过于离别。一想到朝夕相处的同学、挚友就要分别了，从此就要各奔前程、天各一方，或许从此山高水长永不相见，说不尽的千言万语就化作夺眶而出的两行热泪。多愁善感的女生集体抱头失声痛哭，"执手相看泪眼，竟无语凝噎"，她们个个哭得像泪人儿。

偏偏天公不作美，下起雨来。雨，淅淅沥沥的，不是下在地上，而是洒落在高高的红棉上，洒落在即将与母校离别、与同学天各一方的每个学子的心里！

雨洒红棉。一朵朵红棉，承受不了风雨的摧残，一朵朵、一颗颗，往下掉。落英缤纷，遍地好像铺了红地毯。同学们踏着遍地的落花，朝着越秀山南音餐厅走去。即使汇集天下所有美食，眼前尽是山珍海味，情同手足的同学们食之也无味，脸上挂满的是朵朵愁云，是剪不断、理还乱的离愁别恨！校长李龙禧先生饱含深情赋诗一首："天有不测风云事，偶染风寒莫忌医。两载同窗成挚友，今日南音话别离。此去征途多自重，传道授业好为之！"班主任徐琳兴先生声音嘶哑地作毕业赠言，送给中文系毕业生："艰难困苦，玉汝于成！"真正离别的时刻终于到来。同学们心情格外沉重。相顾无言，唯有泪千行！纵使还有许许多多说不完的话、道不完的情，也只有永藏心里！心手相牵，十指紧扣，梦绕魂牵！友谊地久天长！

借用"诗歌王子"徐志摩《沙扬娜拉》一

诗表达此情此景：

最是那一低头的温柔，

像一朵水莲花不胜凉风的娇羞，

道一声珍重，道一声珍重，

那一声珍重里有蜜甜的忧愁——

沙扬娜拉！

第7章　情归何处

　　家是人生的港湾。"大头仔"高高兴兴地踏上回家的路，满以为家里一切都好，可残酷的现实令他顿时蒙了：一是母亲骨瘦如柴，病入膏肓；二是一纸调令将他派去最艰苦的山区工作。母亲艰苦朴素，勤俭持家，为儿女费尽心血，积劳成疾，忧思过度，经常失眠，不幸患上了胃癌。二姐艳桃和二姐夫亲自送母亲到县人民医院住院治疗。母亲手头上有亲戚资助"大头仔"读大学的钱，可母亲为了保证儿子的学业，即使自己命悬一线也没有动用一分钱。

母亲何其伟大！"大头仔"知道此事后，感动得号啕大哭，感觉对不起母亲！"大头仔"大学毕业回家，母亲刚从人民医院出院不久，身体很虚弱。见到儿子归来，她声泪俱下，凄楚地说："儿呀，我差点见不着你了！"听到这句话，"大头仔"心头一震，一阵心酸，悲从中来，泪水像扯断线的珍珠，一颗一颗往下掉。

儿女是父母的心头肉，是父母的精神支柱。小时候，母亲经常目不转睛地望着"大头仔"吃饭。艰难的年代，"大头仔"放学回家，面对母亲烹调的可口饭菜，狼吞虎咽。母亲发现自己做的饭菜香甜可口，内心感到一丝慰藉，脸上挂着幸福的笑容。农历八月十五中秋节，新星村有赏月的风俗。烛光晚宴，烛光里的母亲美丽动人。"大头仔"大口大口地吃着月饼、田螺，喝着枫粟汤，手忙脚乱地剥花生，母亲看在眼里，甜在心里。她自己少吃甚至舍不得吃也觉得很开心。望着儿子一天天长大，这是做母亲最大的成功！她感到很欣慰。儿子是她的骄傲，是她赖以生存的勇气与希望！

儿行千里母担忧。"大头仔"一生一世也忘不了母亲目送自己上学的眼神。"痛煞煞教人舍不得，好去者鹏程万里。"儿子长大要成才就要求学，求学就要远走他乡。母子就不得不忍痛分离。每逢周六，母亲总会站在村口那块大青石上，手搭凉棚盼儿归。春夏秋冬，寒来暑往，风雨无阻。周日下午，母亲依依不舍地目送儿子上学，一直站在大青石上，望见儿子消失在青山翠竹之中，母亲才心有不舍，一步三回头地回家。望穿秋水，一直盼望，一直思念，一直等待。直至又一个周六中午，经过五天半有时甚至十多天离别的痛苦煎熬，盼星星盼月亮，母亲终于盼到儿子归来。母亲望穿秋水盼儿归的眼神，令"大头仔"难以忘怀。脑海里留下永恒的记忆，一生一世永远忘不了！舐犊情深，母亲望着儿子吃饭那种温馨的场面，望穿秋水盼儿归的眼神，今生今世不会再有了。

时光倒流。养儿一百，常忧九十九。儿女是父母的精神支柱，父母何尝不是儿女的精神支柱呢？

福无双至，祸不单行。母亲患病，极需儿女就近照料。可是，"大头仔"很快接到通知，要到清源县最艰苦的山区工作。山区生存环境非常恶劣，荒凉、孤寂、贫困，加之路途遥远，交通不便。"大头仔"去山区的那天，天公不作美，竟下起了倾盆大雨。他背着母亲精心打点的行囊，在慈母的泪光中，依依不舍，一步一回头，一个人孤孤单单地上路了。

没有阳光，没有鲜花，没有送别，有的只是瓢泼的大雨。在清源汽车站"大头仔"与校友周庄、孔妃相遇，三人会合，一起搭乘公共汽车到清源最艰苦的山区鱼霸学校工作。雨下得很大很大，空中的水往下倒，地上的水到处流，天地间成了白茫茫一片水的世界。想不到作家老舍先生小说中描写的场景在真实的世界里呈现了。雨水挡住了司机、乘客们的视线，山路九曲十八弯，汽车小心前进着。征途漫漫，苍天呜咽，老天爷也为"大头仔"悲惨的遭遇下起倾盆大雨。雨一直在下，等到"大头仔"在鱼霸政府招待所休息时外面还是倾盆大雨。上天好像预示着"大头仔"的人生道路是曲折的、坎坷的、艰辛的、充满悲情与苦难的！

自古雄才多磨难，从来纨绔少伟男。马死落地行，车到山前必有路，船到江心自然直。

"大头仔"第一学期任教的八年级（1）班和（2）班语文，成绩在清源山区镇名列前茅。

第二学期，是"大头仔"一生中最悲惨、最痛苦、最撕心裂肺的记忆：慈母叶新澜去世，享年57岁。

跪在母亲的灵前，"大头仔"心如刀绞、泪如雨下！

痛失慈母，那种悲痛，无法用语言描述，外人更是无法感受的。母亲不幸辞世所造成的巨大空白无法弥补。"大头仔"以泪洗面，十分悲痛。世上又多了一个屈子（屈原）行吟：

> 亲到贫时不算亲，
>
> 蓝衫添得泪痕新。
>
> 此时饥寒无人管，

落得灵前哭母亲。

岁月不居，人生艰难。母亲已仙逝三十多年，梦里依稀慈母泪！母亲的音容笑貌恍如昨日，永留脑海中，永不磨灭！睹物思人，"大头仔"看见母亲一针一线缝补的衣服、亲手放置的衣架，似乎还可以感受到母爱的温暖、母亲的崇高与伟大！就往往忍不住泪湿枕巾。

1991年夏天，是"大头仔"一生中的至暗时刻。在"大头仔"个人历史中，世界上又一个黑暗的日子到来：勤劳一生，典型的质朴农民，有钢铁一般的意志，如一把擎天巨伞保护儿女不受丝毫侵犯的父亲，因操劳过度，撒手人寰。"大头仔"痛不欲生，泪洒青山！父亲出殡那天，雨下得很大，"泪飞顿作倾盆雨"。"大头仔"泪水与雨水交织在一起。苍天也为"大头仔"洒下同情的泪水。三个姐姐月圆、艳桃、杏花，她们有钱的出钱，有力的出力，操持父亲的葬礼。亲戚朋友、兄弟姐妹的这份孝心，血浓于水的亲情味，"大头仔"看在眼里，记在心上，他很感恩有这么多亲人和朋友的支持和帮助。痛失慈母和慈父，"大头仔"蓦然觉得这个世界很冷，人生是那样孤苦无依、孤独无助，尘世是那样荒凉、恐怖与寂寞。"大头仔"如一棵无根草、一叶浮萍，到处漂泊，到处流浪……

　　一曲《念奴娇·追思父亲》，至情至性，

道尽"大头仔"的心声：

　　驾鹤西飞，魂归来，亲山亲水亲邑。儿女谁不爱父母？泪洒青山如雨。生也于斯，死也于斯，舐犊情深矣。老当益壮，不改丈夫意气！

　　江山依旧，物是人非。睹物思人，铁肩担道义。尘世征途多虎豹，正气清风来去。为人父母，造福子孙，圆梦平生志！掬英雄泪，倾洒黄花血碧！

　　后来因与鱼霸中学的教学理念不同，"大头仔"准备离开。恰逢清源清河栋才中学新办普通高中，招揽英才，"大头仔"一跃成为栋才中学首届高中语文教师，是栋才中学的开荒牛。"大头仔"的理想很美满，梦想新的环境人际关系和谐，有一个安静的工作、学习和生活环境，潜心钻研学问，能够教学相长。简而言之，一边尽展平生所学，施展才华，大展拳脚，培养国家栋梁之材；一边利用业余时间，精读、泛读古今中外文学名著，吸收精华，剔除糟粕，"他山之石，可以攻玉"。集百家成一家之言，取众长图一己出新，写一部囊括时代风貌、民族风情、人生百态的长篇小说，圆儿时伟大的文学梦、作家梦。梦想很美满，现实是十分残酷的！人生不如意事常八九。人生道路的曲折坎坷，几乎摧毁"大头仔"的生存意志，是理想信念这个强大的精神支柱支撑着

"大头仔"生存下去，活下去，爬过一个个坡，迈过一道道坎，闯过一个个险关。天无绝人之路，人生没有迈不过的坎。

在栋才中学的第一年，"大头仔"与执教的高中学生关系融洽，他组织学生到AAAAA级旅游风景区七星岩旅游，开阔学生视野，增进师生间、学生间的友情，培养学生的集体观念与团队精神。期末统考，"大头仔"所教学生的语文成绩比同级学校源河中学平均分高出一分，学校奖励了他200元。后因表现优异，他被调到了龙城五中。

与"大头仔"青梅竹马、两小无猜的刘清婉经其姑妈苦口婆心的劝说，嫁给了某集团公司总经理。情归何处？茫茫人海，谁可相依？

　　"大头仔"与美丽的爱情擦肩而过，感情一片
空白！"大头仔"寻寻觅觅，想寻找一方属于
自己的爱情绿洲。在龙城五中，"大头仔"的
人生历史翻开新的一页。男大当婚，女大当嫁。
年近三十的"大头仔"在灵州大姨母（叶体，
母亲叶新澜的姐姐，2014年3月辞世。她生前
说过是她不小心把"大头仔"的母亲的一只脚
弄伤了，留下后遗症，留下终身遗憾！大姨母
说她一生最对不起妹妹，一生愧疚！）的介绍
之下，走进婚姻殿堂。对方是西州某集团总经
理的千金，名叫秦伟花。秦伟花是个单纯、朴
实的女孩，第一次见面，给"大头仔"留下深
刻的印象。"大头仔"给女方留下的是英俊斯
文的印象。一介书生，腹有诗书气自华，最是

醉人书卷香！英雄莫问出处，自古寒门出英才。女方家长不因"大头仔"出身寒门而嫌弃，而是看重"大头仔"的人品、学识、才华与发展前途，是有长远眼光的。"大头仔"是幻想在沙滩以追逐海浪的方式浪漫求婚的，结果是以中国传统方式决定其婚姻大事。新房是五中简单的教师宿舍，婚礼的仪式也很简单。"大头仔"，把婚礼的繁文缛节简化，使之井然有序地进行，简单而又热闹。

要走上婚姻的殿堂，是要相互了解，打下扎实的感情基础，如此的婚姻才是牢固的、幸福的、美满的！爱情不是一颗心撞击另一颗心，而是两颗互相倾慕的心激烈碰撞擦出火花！有感情基础的爱情大厦才牢不可破，坚不可摧！

历经风雨，风采依然！后来"大头仔"和秦伟花经过相互了解，互谅互让，最后决定十指紧扣，牵手一生。

第8章　破茧成蝶

破茧成蝶。青年时代的"大头仔"有过许多梦想：

一是投笔从戎，征战沙场！"醉卧沙场君莫笑，古来征战几人回？""埋骨何须桑梓地，人间无处不青山！""捐躯赴国难，视死忽如归！"

二是头悬梁、锥刺股地拼搏读书，施展平

生所学，呕心沥血，创作一部长篇小说。"世事洞明皆学问，人情练达即文章。""字字看来皆是血，十年辛苦不寻常。"长篇小说是一项庞大、卷帙浩繁的文化工程，非有志者不能为之。"大头仔"有如电光石火、狂风骤雨般的激情，源自其思：振兴中国传统文化，向世界传播中国的传统文化。

三是考入美术学院，继承和发扬画中"兰亭"《富春山居图》和《清明上河图》以及敦煌飞天的画风，用一生心血精心构思创作一幅《江山多娇》。

四是步入音乐殿堂，借鉴《阳春白雪》《下里巴人》《高山流水》和钢琴大师贝多芬《英雄交响曲》，用生命谱写一曲千古绝唱《一代天骄》，一首千载不朽的青春史诗——《青春璀璨》！

……

"文章千古事，得失寸心知。作者皆殊列，名声岂浪垂……"（《偶题》）诗圣杜甫此诗穿越时空，熠熠生辉！文学上崭露头角的"大头仔"闯进有伯乐精神、目光长远的作协领导的视野，领导觉得这小子可能是一匹千里马，后生可畏，假以时日，前程不可限量，必成大器。于是，具有伯乐精神的作协领导，经过层层筛选，挑选出一批青年才俊到省里深造，参加长篇小说创作高级研讨班的学习。"大头仔"榜上有名。他十分珍惜如此难得的学习机会，下定决心认真学习，不辜负作协领导的厚爱，创作出许多文学作品，为广大人民群众提供丰富的精神食粮。这次研讨班授课的都是著名的教授、作家。他们学识渊博、才华横溢，讲课深入浅出、通俗易懂。他们的家国情怀，强烈震撼着青年才俊们的心。中国名校博士生导师孔君教授的见解石破天惊，引起青年才俊们的强烈共鸣！学子们受到"头脑风暴"式洗礼。中国某顶尖大学中文系教授、博士生导师孔君教授在文学院青年作家班授课时语言风趣幽默，妙语连珠，旁征博引，最会调动气氛，令学子们如沐春风。作家班学子们从喧哗与躁动之后复归沉寂与冥想。才思敏捷者纷纷举手发言："孔教授，日落西山，可否改为日薄西山或日入西山、日坠西山？"答案遭到孔君教授的否定。

作家班学子来自五湖四海。他们个个身怀绝技，掌上千秋史，胸藏百万兵。在文坛上崭露头角、小有名气者比比皆是。作家班可以说是人才济济、精英云集。被当地作协大力举荐到作家班学习的"大头仔"，来自被《人民日报》记者喻为"金三角"寒极的清源市，他有点与众不同，他傻乎乎地坐着，呆若木鸡似的苦思冥想。坐在省会著名学府窗明几净的课室里，"大头仔"不放过任何学习、探究、思考的机会。

"青年同志们！"孔君教授一语惊醒梦中人，把神游天外的"大头仔"拉回到现实世界。只听孔君教授讲了小说的概念、小说的创作方法和需要阅读的名著，然后话锋一转，语重心长地说："长篇小说是衡量一个国家文学水平高低的重要标杆。你们是各地作协举荐而来的精英，是真正的才子、才女。"孔君教授说完，深深地向学子们鞠了一躬。学子深受感动，全场起立，爆发出经久不息的雷鸣般的掌声，掌声在学院的上空久久回荡。下课了，行走在学院校道的"大头仔"眼前一亮，见落日的余晖把学院镀上一层金黄色，此时的文学院似一个浑身闪烁着珠光宝气的、雍容华贵的少妇，楚楚动人。文学院，是作家的摇篮。文学院在过去、现在和将来，都是青年学子永远的梦。沐浴在文学院的光辉之中，吮吸知识甘甜乳汁的"大头仔"心里热乎乎的。他匆匆赶回文学院学员宿舍，迅速整理好上课笔记和叠放好文学创作学习资料。见学友因学习所累，一回宿舍就趴在床上休息，"大头仔"不敢惊动他们，他小心翼翼地打开日记本，一口气写下一篇一天的学习心得。

为全面贯彻落实中央改革开放政策，"大傻"作为新星村代表，参加了县委组织召开的经济改革会议。他大张旗鼓地宣传，带回的资料，"大头仔"也看了，并做了摘录。随着阅历的丰富、学识的提高、视野的开阔，"大头仔"学习北大校长蔡元培"囊括大典，网罗众家"，搜集有关改革开放的资料，以作家、报刊通讯员头衔，采访一些为改革开放立下汗马功劳的名人，运用平生所学，牛刀小试，创作一篇报告文学，目的是为广大人民群众提供丰富的精神食粮，为改革开放、全面奔小康、同筑中国梦做出贡献。

　　不久，"大头仔"的女儿蔡莹莹出生了。女儿生得浓眉大眼，眼睛扑闪扑闪，水灵灵的，如夜空的星星。"大头仔"甚感安慰，为有如此聪明过人、记忆力惊人的女儿而骄傲和自豪！蔡莹莹无论在小学、中学，各科成绩都在班级中名列前茅！她兴趣广泛，绘画、书法卓有建树，速写信手拈来，书法练习柳公权、欧阳询、颜真卿的楷书，王羲之与米芾的行书，字写得潇洒飘逸，有如行云流水，酷似王羲之

"飘若浮云，矫若惊龙""清风出袖，明月入怀""龙跃天门，虎卧凤阙"的天下第一行书《兰亭序》的风格，因而获得全国书法比赛银奖。清源中学尖子班的名言警句等墨宝，均出自她的手笔。"大头仔"风雨不改、不辞劳苦，带着她拜访省书法家协会主席鲍义学习书法，是值得的。女儿参加高考，考入全国某重点大学，被清源中学的学生、老师赞誉为一匹黑马！看女儿乘公车、坐高铁，一个人孤孤单单上路，回大学校园读书，没有兄弟姐妹陪同，独个儿风雨兼程，"大头仔"潸然泪下！"大头仔"万般无奈，爱莫能助。望着女儿孤单的背影，"大头仔"两行热泪夺眶而出！人生是孤独的，孤独永恒！孤独如挂在天上的一颗星，永远陪伴着人生前行。女儿选择坚强，奋发砥砺，有所作为，其论文《中国梦之我见》入选全国大学生优秀论文集，以优异的成绩从大学毕业。

2015年11月宣布推行全面放开二孩政策，独生子女政策退出历史舞台。自1980年推行的独生子女政策，历经三十多年终于画上句号。

随着二孩政策的实行，"大头仔"的儿子也出生了，其子从小立下远大志向，以周恩来总理的"为中华之崛起而读书"为座右铭，好学上进，勤奋刻苦，爱好广泛，博览群书，在学校成绩名列前茅。"大头仔"奢望自己的后代能够以优异成绩考上名校，成为行业精英。

"大头仔"读大学选报中文系，初衷源于有个作家梦，远大的理想是振兴祖国的文学事业，让中国文学走向世界，为中国文学甚至世界文学宫殿添砖加瓦，增添浓墨重彩的一笔，做出应有的贡献，为人类社会提供丰富的有价值的精神食粮。

他有使不完的劲儿、抒不完的赤子情，精力旺盛，志存高远，沉迷书海，又跳出书海。他山之石，可以攻玉。"取法乎上，得乎其中。"他先后向古今中外一流的文学大师学习。阅读经典，与高尚的人进行心灵对话，"集百家而成一家之言，采众长图一己出新"。他志向远大，心怀"文学梦""中国

梦""世界梦"！"新竹高于旧竹枝，全凭老
干为扶持。"成功往往是站在巨人的肩膀上。
他懂得、深知继承与创新的道理，他阅读古今
中外众多文学大师的经典名著。耳濡目染，潜
移默化。他有一种巨大的创作冲动，如火山一
样爆发，火热的激情如钱塘江大潮一样汹涌
澎湃，以雷霆万钧之力排山倒海，卷起千重
浪、千堆雪。他"思接千载，视通万里"，思
绪如电光石火，电闪雷鸣；他才华横溢、文
思泉涌、倚马可待、落笔成文。"读书破万
卷，下笔如有神"，博览群书，电光石火，狂
风骤雨的激情，"大头仔"的才华得到淋漓尽
致的发挥，像挂在天幕上的一颗明亮之星熠熠
生辉。

他用十年时间创作散文集《文骄云雨神》，用十年时间创作长篇小说《沧桑》，再用十年时间创作另一部长篇小说《王者之风》。